Die drei !!!

Mira Sol

Die drei !!!

Nixensommer

KOSMOS bei CARLSEN

Außerdem in der Reihe Die drei !!! im Carlsen Verlag lieferbar:
Die drei !!! – Achtung, Spionage
Die drei !!! – Gefahr im Fitness-Studio
Die drei !!! – Gefährlicher Chat / Betrug beim Casting
Die drei !!! – Geheimnis der alten Villa
Die drei !!! – Im Bann des Flamenco
Die drei !!! – Skandal auf Sendung
Die drei !!! – Tatort Paris

Veröffentlicht im Carlsen Verlag
September 2016
Mit freundlicher Genehmigung des Franckh-Kosmos Verlages

Umschlagbild: Anike Hage
Umschlaggestaltung: formlabor
Corporate Design Taschenbuch: bell étage
Druck und Bindung: CPI books GmbH, Leck
ISBN 978-3-551-31518-2
Printed in Germany

Die drei !!!

Nixensommer

Banane mit Basilikum

»Dein selbst gemachtes Eis schmeckt super«, nuschelte Kim. Sie leckte sich einen Klecks von den Lippen und häufte einen weiteren Löffel von der leicht geschmolzenen Masse auf ihren Teller. »Käsekuchen-Kirsch-Vanille. Ein Traum!«
Marie lächelte. »Danke. Das Rezept habe ich am Wochenende gegoogelt.« Sie zupfte den Träger vom Oberteil ihres neuen pinkfarbenen Sportbikinis zurecht. »Tessa hat vor ein paar Wochen eine Eismaschine gekauft. Leider probiert sie damit nur völlig verrückte Kreationen aus: Karotte-Orange, Mango-Chili, Sellerie-Sahne. Das Zeug kann außer ihr kein Mensch essen. Aktuell verputzt sie becherweise Banane mit Basilikum.« Marie schüttelte sich. »Das ist so was von eklig, sage ich euch.« Sie zuckte mit den Schultern. »Abgesehen vom Geschmack, über den man ja nicht streiten kann – wenn Tessa weiterhin so viel Eiscreme in sich hineinschaufelt, brauchen wir uns nicht mehr zu fragen, ob es ein Mädchen oder ein Junge wird. Dann bekommt sie nämlich einen Schneemann.«
Kim und Franzi lachten.
»Wisst ihr wirklich immer noch nicht, was es wird?«, fragte Kim schließlich verwundert.
»Nein! Immer wenn ein Ultraschall gemacht wird, hält das Baby ganz fest die Beine zusammen. Das finde ich ganz schön schlau von ihm. Ich freue mich jedenfalls darauf, diesen kleinen Dickkopf endlich kennenzulernen!«
Noch vor einem halben Jahr war Marie nicht so begeistert

von Tessas Schwangerschaft gewesen. Sie hatte befürchtet, dass ihr Vater sich nur noch um das neue Kind kümmern und sich nicht mehr für sie interessieren würde. Diese Zweifel hatten sich aber im Lauf der letzten Wochen ziemlich gelegt. Herr Grevenbroich schien nämlich Maries Ängste zu ahnen, und er hatte ab sofort einmal pro Monat einen Vater-Tochter-Tag festgelegt, an dem nur er und Marie etwas zusammen unternahmen. Und er hatte sogar ein Wochenende geplant, an dem sie beide in Hamburg ein Musical besuchen würden.

»Auf jeden Fall kann sie oder er sich darauf freuen, dass die große Schwester die weltbeste Eiscreme macht«, sagte Franzi. Sie schleckte ihren Löffel ab und deutete damit auf die Schälchen und Teller, die Marie auf der Decke verteilt hatte. »Wenn Holger wüsste, was ihm gerade entgeht!«

Es gab drei verschiedene Eissorten: Käsekuchen-Kirsch, Karamell und Zitrone. Dazu Kokosraspel, Schokosoße und frischen Obstsalat sowie jede Menge goldgelbe, knusprige Waffeln in Herzform, die Marie in dem kleinen französischen Bistro in ihrem Wohnviertel gekauft hatte.

»Du hast dir so viel Mühe gemacht! Und obendrein den schönsten Platz unter dem Kastanienbaum hier im Waldschwimmbad besetzt«, bestätigte Kim. »Ich finde es das Allerletzte von Holger, dass er euer Eis-Picknick so kurzfristig abgesagt hat. Das war doch total viel Arbeit für dich.«

Marie zuckte mit den Schultern. »Er wusste ja nichts davon.«

»Wie meinst du das?«, fragte Franzi überrascht.

Marie dippte eine Waffel in ihr Zitronensorbet. »Wir waren eigentlich nur lose zum Schwimmen verabredet. Dann aber habe ich mir überlegt, dass ich Holger mit etwas Schönem überraschen möchte. Er hat es gerade gar nicht leicht. Und da ist mir eingefallen, dass er Eis liebt.«

»Ach so. Ja, klar.« Franzi wechselte einen bedeutungsvollen Blick mit Kim. »Eis … mit Waffeln … in *Herzform* – für deinen *Ex-Freund* Holger!«

Marie ging auf den ironischen Unterton ihrer Freundin erst gar nicht ein. Sie war es mittlerweile gewohnt, dass Kim und Franzi immer wieder neugierige Fragen zu ihrer Beziehung zu Holger stellten. Maries Ex-Freund wohnte seit der Scheidung seiner Eltern im gleichen Villen-Viertel wie sie, weil seine Mutter eine Anstellung als Haushälterin bei einer wohlhabenden Fabrikanten-Familie gefunden hatte. Kim und Franzi waren der Meinung, dass die räumliche Nähe spätestens jetzt endlich dazu führen müsste, dass Marie und Holger wieder ein Paar wurden.

»Leider war das heute wohl nichts«, sagte Marie. Sie betrachtete die Waffel in ihrer Hand, biss ein Stück ab, kaute energisch und schluckte. »Holger muss noch die restlichen Dielen abschleifen. Das kleine Häuschen, das der Arbeitgeber seiner Mutter zur Verfügung gestellt hat, ist zwar sehr gemütlich, aber es gibt auch viel zu renovieren. Ein Freund hat ihm eine Schleifmaschine geliehen, die er heute Abend zurückgeben muss. Und weil er am späten Nachmittag zum Training mit seinen Freunden verabredet ist, hat er gefragt, ob es mir etwas ausmachen würde, heute alleine zum Schwimmen zu gehen.« Marie schüttelte den Kopf. »Ich war so überrumpelt, dass ich einfach gesagt habe, dass das kein Problem ist.« Sie zuckte mit den Schultern. »Dafür finde ich es super, dass ihr beiden gleich kommen konntet. Ich habe keine Lust, das ganze geschmolzene Zeug wieder mit nach Hause zu schleppen. Also, Mädels: Greift zu!«

Kim wuschelte sich durch ihre kurzen dunklen Haare und grinste. »Das brauchst du mir kein zweites Mal zu sagen. Wie gut, dass ich deine SMS vorhin gleich gesehen habe.«

»Ich bin auch froh, dass ich mein Handy gecheckt habe, bevor ich Tinka zum Ausreiten fertig gemacht habe«, erzählte Franzi. »So eine kleine Eis-Party am Nachmittag im Waldschwimmbad ist doch mal etwas anderes. Und mein süßes Pony kann auch bis heute Abend warten.«

»Ich finde es echt toll, dass ihr jetzt da seid«, sagte Marie. Sie lächelte Kim und Franzi dankbar an. Auf die beiden konnte sie sich einfach immer verlassen. Und zwar nicht nur, wenn sie zusammen als Detektivclub *Die drei !!!* Verbrecher jagten und aufregende Abenteuer erlebten, sondern auch, wenn im ganz normalen täglichen Leben mal etwas schieflief. So wie heute. Dass Holger sie versetzt hatte, machte Marie nämlich viel mehr aus, als sie zugeben wollte. Ausgerechnet heute hatte sie vorgehabt, etwas Wichtiges mit ihm zu besprechen. Sie hatte sich die Worte schon genau zurechtgelegt. Und nun …

Als könnte ihre Freundin Gedanken lesen, fragte Franzi plötzlich: »Kann es sein, dass du Holger heute auf das Ultimatum ansprechen wolltest?«

Marie zögerte einen Moment. Das war mal wieder typisch Franzi. Sie redete nie lange um den heißen Brei herum, sondern sprach immer gleich aus, was sie dachte. Und auch dieses Mal hatte sie wieder den Nagel auf den Kopf getroffen.

Es ging tatsächlich um das Ultimatum, das Holger ihr vor einiger Zeit gestellt hatte: Er wollte endlich wieder fest mit ihr zusammen sein oder sie gar nicht mehr sehen. Allerdings hatte er keinen Zeitrahmen genannt, in dem er eine Antwort von Marie wollte.

Marie seufzte. »Also gut. Eigentlich wollte ich das nicht unbedingt zum Thema machen. Aber wenn du schon so direkt fragst: Ich habe in den letzten Wochen auf mein Herz gehört, wie Kim es mir geraten hat. Dabei habe ich gemerkt, dass ich immer Herzklopfen bekomme, wenn ich an Holger denke. Eigentlich schon eher Herz*rasen*.« Marie lächelte. »Und das ist einfach nicht zu vergleichen mit den kleinen Flirts, die ich sonst so gerne hatte.« Marie sah gedankenverloren in die Ferne. »Ich weiß jetzt, dass Holger und ich zusammengehören. Mein ganzes Herz gehört ihm. Nur ihm!« Trotz der flirrenden Julihitze überzog eine feine Gänsehaut Maries Unterarme. Sie seufzte. »Ich sehne mich so sehr danach, wieder fest mit Holger zusammen zu sein.«

Kim hatte ein breites Lächeln auf den Lippen. »Ich hab's doch immer gewusst!«

»Wenn Holger geahnt hätte, was du ihm sagen möchtest, wäre er garantiert gekommen!«, meinte Franzi. »Warum hast du ihm denn nicht klargemacht, dass euer Treffen sehr wichtig ist?«

Marie setzte sich die Sonnenbrille auf. »Ich weiß nicht. Ich war so überrascht von seiner Absage, ich hatte damit einfach nicht gerechnet. Und ich will nichts überstürzen.«

»Trotzdem solltest du ihn jetzt gleich anrufen und ein neues Date verabreden«, schlug Franzi vor. »Und, wenn ich dir

noch einen Tipp geben darf …« Sie schwieg bedeutungsvoll.
Marie schob ihre Sonnenbrille zurück ins Haar und sah Franzi erwartungsvoll an. »Ja?«
»Falls du wieder Karamell-Eis für Holger machst, nimm etwas weniger von den Karamellstückchen.«
»Hat es dir etwa doch nicht geschmeckt?«, rief Marie überrascht.
»Doch!«, beeilte sich Franzi zu sagen. »Aber die Zuckerstückchen kleben an den Zähnen fest. Guck dir mal Kim an.«
Ihre Freundin presste sich schnell die Hand vor den Mund. Trotzdem konnte Marie einen kurzen Blick auf ihre Zähne werfen. Sie wirkten mit den braunen Zuckerstückchen in den Zwischenräumen tatsächlich etwas kariös.
»Wenn ihr euch so anlächelt, vergeht euch womöglich die Lust am Küssen«, stellte Franzi mit ernstem Gesicht fest. »Und das wäre doch schade.«
»Blöde Nuss!«, erschallte es zweistimmig und Marie und Kim stürzten sich mit einer Kitzelattacke auf ihre Freundin. In Sekunden waren die drei Mädchen zu einem zappelnden Knäuel verstrickt, das lachend die leicht abschüssige Liegewiese hinabkugelte.
Ein dichter Teppich aus Löwenzahn stoppte die drei Detektivinnen kurz vor dem Kinderbecken. Eine ältere Dame mit weiß-lila Haaren und schwarzem Einteiler zog pikiert die Beine in ihrem Liegestuhl zurück. Sie sagte etwas mit vorwurfsvollem Blick zu ihrem Begleiter, der daraufhin seine Zeitung sinken ließ und missbilligend dreinschaute.
Franzi rappelte sich kichernd auf und zog die Haargummis

an ihren kurzen roten Zöpfen wieder fest. »Ihr wollt mich doch nicht an solch einem wunderschönen Tag zu Tode kitzeln«, japste sie. »Ausgerechnet eine Woche bevor die Sommerferien anfangen. Das könnt ihr mir nicht antun.« Sie hielt ihren Freundinnen die Hand hin. »Frieden?«

Marie und Kim schlugen grinsend ein.

Im selben Moment ertönte ein spitzer, heller Schrei.

Die drei !!! reckten alarmiert die Hälse. Marie sah ein kleines Mädchen im roten Badeanzug, das im Kinderbecken bis zu den Knien im Wasser stand. Jetzt schrie sie mit weit aufgerissenem Mund wie am Spieß. Marie wollte schon zu ihr ins Becken springen, als sie bemerkte, dass sich die Mutter des Mädchens bereits dicht hinter ihm befand. Das Mädchen zeigte auf ein Spielzeugboot aus Plastik, das einen halben Meter von ihr entfernt im Wasser dümpelte. Ganz in der Nähe stand ein kleiner, vielleicht drei Jahre alter Junge am Rand des Pools und – Marie riss die Augen auf – pinkelte in hohem Bogen auf das Boot herunter!

Ein Mann, wahrscheinlich der Vater des Jungen, hob ihn schimpfend vom Beckenrand weg. Kopfschüttelnd zog er ihm die Badehose hoch.

»Ich fasse es nicht«, sagte Franzi und unterdrückte ein Grinsen. »Der Kleine hat tatsächlich auf das Schiff geschifft!«

Kim zog eine Augenbraue hoch. »Und ich habe schon gedacht, dass gerade jemand ermordet wird.«

»Ging mir genauso«, sagte Marie. Sie grinste erleichtert. »Kinder eben! Ich glaube, ich will lieber keinen kleinen Bruder haben …«

Der Vater des Jungen entschuldigte sich bei dem Mädchen

und dessen Mutter. Die winkte säuerlich ab. Sie schwenkte das Plastikboot kurz im Wasser und wollte es ihrer Tochter in die Hand drücken. Das Mädchen verschränkte jedoch die Arme hinter dem Rücken, schüttelte vehement den Kopf und heulte erbärmlich weiter. Der Bademeister kam und verwarnte den Vater des Jungen mit harschen Worten.
»Ich glaube, in diesem Fall müssen die drei !!! nicht tätig werden«, sagte Franzi grinsend. »Kommt, lasst uns zur Riesenrutsche gehen!«
Marie und Kim stimmten sofort zu. Sie liefen noch schnell zu ihrem Liegeplatz zurück und räumten die Reste vom Picknick zusammen.
Marie schloss die große Kühlbox, richtete sich auf und sah ihre Freundinnen entschuldigend an. »Ihr könnt ja schon mal vorgehen. Ich will nur noch schnell Holger anrufen.«
Franzi grinste. »Das ist eine gute Idee. Viel Glück, und bis gleich!«
Leider war Holgers Handy abgeschaltet. Enttäuscht legte Marie ihr Smartphone wieder zurück in das Schließfach. Sie schloss ab, band sich das Armband mit dem Spindschlüssel um und lief an den Umkleidekabinen vorbei in Richtung des großen Schwimmbeckens mit der Riesenrutsche.
Holger war in den letzten Wochen wirklich schwierig zu erreichen. Aber Marie wusste, dass er sehr viel um die Ohren hatte: die Renovierung des Gartenhäuschens, die Scheidung seiner Eltern, seine kleinen Geschwister, auf die er aufpassen musste, wenn seine Mutter Überstunden machte, die neue Schule. Das alles war sehr anstrengend für Holger.
Zum Ausgleich machte er noch mehr Sport als früher. Seit

einiger Zeit begeisterte er sich vor allem für *Parkouring*, eine Sportart, der Marie allerdings eher wenig abgewinnen konnte. Sie selbst zog ihre Aerobicstunden, den Ballettunterricht und ihre abendlichen Pilates-Einheiten vor.

Die Jungs aus dem Jugendclub hingegen waren völlig versessen auf Parkouring. Seit Holger einmal zum Training mitgegangen war, war auch er vollkommen von diesem Virus infiziert.

Marie musste bei dem Gedanken lächeln, dass Holger mit einer Horde von Jungs quer durch die Stadt rannte und Treppen, Mauern, Fahrradständer und Laternen mit den aberwitzigsten Bewegungen und Sprüngen überwand, um möglichst schnell von A nach B zu kommen.

Das war schon ziemlich verrückt. Verrückt … und sehr süß, dachte Marie und ihr Herz zog sich sehnsüchtig zusammen. Gedankenverloren winkte sie Kim und Franzi, die beim Aufgang zur Rutsche warteten.

»Und, wann trefft ihr euch?«, wollte Franzi wissen.

Marie zuckte mit den Schultern. »Ich habe Holger nicht erreicht, er muss noch beim Renovieren sein und hat das Handy ausgeschaltet.«

Kim starrte plötzlich irritiert auf den Kinderspielplatz schräg hinter der Rutsche. »Kann es sein, dass er hier ist?«, fragte sie.

Marie sah in die Richtung. Sie kniff die Augen zusammen. Auf der hüfthohen Mauer, die den Sandbereich des Spielplatzes vom danebenliegenden Weg abgrenzte, stand ein dunkelhaariger Junge in weitem T-Shirt und Shorts mit Blumenprint. Er hatte die gleiche durchtrainierte Statur wie

Holger. Und als der Junge sich mit einer unnachahmlich geschmeidigen Handbewegung das blaue Basecap auf dem Kopf zurechtrückte, war klar: Das *war* Holger!
Zwei Jungen mit nacktem Oberkörper und knielangen Shorts hatte sich rechts und links im Sand postiert. Sie hielten ihre ausgestreckten Arme waagerecht verschränkt vor Holger. Ein weiterer Junge sah aufmerksam zu.
Holger federte kurz in die Knie, breitete die Arme aus und machte einen Rückwärtssalto von der Mauer. Er flog hoch über seine Trainingspartner hinweg und landete perfekt mit beiden Füßen auf dem Boden. Sand spritzte auf. Sofort grölten die Jungs los und klatschten Holger ab.
»Sehr cooler Backflip!«, rief Franzi. »Das ist eine Standardübung beim Parkouring. Du hast gar nicht erzählt, dass Holger so etwas macht.«
Marie drehte sich lächelnd zu Franzi um. »Er ist auch noch nicht lange dabei. Aber er macht das echt gut«, sagte sie stolz. »Ich habe gar nicht damit gerechnet, dass sie ihr Training im Schwimmbad abhalten. Ich glaube, ich laufe kurz rüber und gratuliere ihm zu dem Sprung.« Doch plötzlich zog sie überrascht eine Augenbraue hoch.
Wie aus dem Nichts waren drei Mädchen auf dem Spielplatz aufgetaucht. Sie trugen grellfarbene, ziemlich knappe Bikinis und hatten ihre langen Haare mit bunten Tüchern nach hinten gebunden. Sie sprachen lebhaft auf die Jungen ein.
»Wo kommen die denn plötzlich her?«, fragte Marie leise.
»Ich glaube, sie haben dahinten auf der Bank beim Klettergerüst gesessen«, mutmaßte Kim. »Man sieht sie von hier kaum, weil der große Busch davorsteht.«

»Die Große mit den rotblonden Haaren ist Fleur«, sagte Marie mit gereiztem Unterton in der Stimme.
Als sie die fragenden Blicke ihrer Freundinnen bemerkte, fügte sie hinzu: »Fleur van der Teuben. Die Tochter der Familie, für die Holgers Mutter arbeitet.« Marie rümpfte die Nase. »Wir sind uns ein paarmal begegnet, als ich Holger zum Joggen abgeholt habe. Aber sie hat jedes Mal so getan, als wäre ich Luft. Wohingegen sie Holger immer total begeistert begrüßt hat. Wenn ihr mich fragt, die ist eine der größten, eingebildetsten Zicken der ganzen Stadt!«
»Seht mal, sie verabschieden sich schon«, bemerkte Franzi.
»Oh ja, mit Küsschen rechts, Küsschen links!«, schnaubte Marie. »Lasst uns gehen. Offensichtlich hat Holger ja bereits sein Publikum gefunden, das ihm zu seinen sportlichen Höchstleistungen gratuliert.«

»Jetzt reg dich doch nicht so auf«, versuchte Kim Marie zu beschwichtigen. »Sie haben sich doch nur unterhalten. Das hat gar nichts zu bedeuten. Außerdem haben die Jungs ihre Sachen zusammengepackt und sind weitergezogen, die wollten eindeutig ihre Ruhe haben.«

Die drei !!! waren wieder zu Maries Decke unter der großen Kastanie zurückgekehrt und lagen in der Sonne. Kim stopfte sich ihr Handtuch unter den Kopf und verschränkte die Arme. »Du unterhältst dich schließlich auch mit anderen Jungs.«

»Ja, schon klar. Trotzdem nervt die Tussi.« Marie quetschte die Tube mit der Sonnenmilch mit beiden Händen fest zusammen. Eine winzige Menge Lotion kam heraus. »Mist! Die habe ich erst letzte Woche gekauft. Garantiert hat Lina wieder heimlich davon genommen. Die kriegt heute Abend was zu hören.«

Lina war Tessas zehnjährige Tochter. Seit sie alle zusammen in der großen Villa wohnten, die Helmut Grevenbroich mit Tessa für die Patchworkfamilie gekauft hatte, verging leider kaum eine Woche, in der Marie nicht mit ihrer Stiefschwester aneinandergeriet. Das war allerdings schon eine große Verbesserung, wie sich Marie immer wieder sagte; anfangs hatten sie sich nämlich täglich gestritten.

Marie verteilte energisch Sonnencreme auf ihrem rechten Bein. Sie verdrehte die Augen. »Wenn Lina wenigstens nur unerlaubt Sachen von mir nehmen würde. Damit kann ich ja noch halbwegs umgehen. Aber sie hat einfach so seltsame Ansichten, mit denen ich überhaupt nicht klarkomme. Stellt euch vor, neulich hat sie vorgeschlagen, dass Papa, ich und sie gemeinsam bei der Geburt dabei sein sollen!« Marie verstrich Sonnenmilch auf ihrem linken Bein. »Mal ehrlich, das ist doch nicht normal, die spinnt doch!«

Kim schüttelte sich. »Die Vorstellung finde ich allerdings auch gruselig.«

»Warum denn?«, meinte Franzi erstaunt. »Eine Geburt ist doch die natürlichste Sache von der Welt. Ich finde es eine schöne Idee, wenn ihr alle Tessa dabei unterstützt und das Baby gemeinsam begrüßt.«

Marie sah Franzi entsetzt an. »Das ist jetzt nicht dein Ernst!« Sie schraubte den Deckel auf die Sonnencremetube und ließ sie in ihre Strandtasche fallen.

Franzi zuckte mit den Schultern. »Ich war letztens dabei, als mein Vater zu einer Fohlengeburt auf dem Reiterhof gerufen wurde. Da haben ganz viele Leute zugeschaut und mitgeholfen. Es war eine super Erfahrung.«

»Ich finde, dass man das nicht so ganz miteinander vergleichen kann«, gab Kim zu bedenken.

Marie setzte sich ihre Sonnenbrille auf. »Das denke ich allerdings auch. Können wir jetzt bitte das Thema wechseln?« Sie angelte nach der Thermoskanne. »Wollt ihr noch Eistee?«

Kim und Franzi nickten und hielten ihre Becher hin. Als Marie einschenken wollte, fielen drei Tropfen, dann versiegte es gänzlich. Marie schüttelte die Thermoskanne und lächelte schief. »Wenn ich nicht wüsste, dass Lina in der Kletter-AG in der Schule ist, würde ich sagen: Sie war's.« Sie

zuckte mit den Schultern. »Irgendwie ist das heute nicht mein Tag.«
Franzi grinste. »Ich hole uns Cola am Kiosk. Bin gleich wieder da.« Sie sprang auf und joggte los.
»Danke!«, riefen ihr Marie und Kim hinterher.
»Meinst du, ich hätte vorhin einfach zu Holger gehen und Hallo sagen sollen?«, wollte Marie plötzlich von Kim wissen.
»Das wäre wohl das Einfachste gewesen«, antwortete Kim sofort. Sie drehte sich zur Seite, stützte ihren Kopf auf und blinzelte Marie gegen die Sonne an. »Du musst dringend mit ihm reden. Nur das hilft. Sonst machst du dich nur total verrückt und es gibt ein Missverständnis nach dem anderen.«
Marie zupfte an den Fransen der Decke. »Da spricht jemand aus Erfahrung, würde ich sagen.«
»Richtig«, sagte Kim leise.
Marie nickte. Bevor Kim wieder mit Michi zusammengekommen war, hatte sich ein richtiges Drama zwischen ihr und Kim abgespielt. Aus einem völlig unnötigen Missverständnis heraus hatte ihre Freundin angenommen, dass Marie und Michi sich ineinander verliebt hätten. Erst nach einigen qualvollen Tagen für Kim kam dann die erlösende Wahrheit ans Licht – und genau an Weihnachten wurden sie und Michi wieder ein Paar.
»Ich bin so froh, dass alles gut geworden ist und ihr wieder zusammen seid«, sagte Marie.
Kim strahlte über das ganze Gesicht. »Und ich erst! Michi ist so süß und aufmerksam. Ich würde am liebsten jeden Tag der Sommerferien mit ihm verbringen. Leider muss er seinem Vater im Elektroladen helfen und in der Eisdiele

arbeiten, aber jede Minute, die er freimachen kann, hat er mir versprochen.«

»Jede Minute hat *er* dir versprochen!«, echote Franzi, die mit drei Flaschen wieder aufgetaucht war. Sie ging in die Hocke, stellte die Flaschen ab und verteilte Strohhalme. »Damit kann doch nur Michi gemeint sein.« Sie zwinkerte Kim zu. »Du hast wirklich das große Los gezogen mit deinem Freund!«

Kim steckte ihren Strohhalm in die Flasche. »Ja, ich weiß.« Sie nickte. »Danke übrigens für die Cola.«

»Gerne geschehen.« Franzi setzte sich. Sie drehte die Flasche in den Händen. Auf einmal bekam ihr Gesicht einen leicht melancholischen Ausdruck. »Felipe hat mir gestern gesagt, dass er für ein paar Monate nach Mexiko gehen will.«

Die Nachricht schlug ein wie eine Bombe. Marie verschluckte sich an ihrer Cola und Kim blieb der Mund offen stehen. Franzi klopfte Marie auf den Rücken.

»Habe ich das eben richtig verstanden«, brachte Marie keuchend hervor. »Dein Freund Felipe …«

»… hat einen Praktikumsplatz in Mexiko angeboten bekommen. Von dem Leiter des Museums, bei dem er den Maya-Schatz abgeliefert hat, den wir damals im neu eröffneten Freizeitpark sichergestellt haben«, komplettierte Franzi den Satz. Sie pustete sich eine Haarsträhne aus dem Gesicht. »Sie würden ihn von zwei Monaten bis zu einem halben Jahr nehmen. Er überlegt noch, wie lange er bleibt. Aber er will in jedem Fall gehen, wahrscheinlich schon im September.«

»Das ist der Hammer«, stellte Kim fest.

Marie schüttelte ungläubig den Kopf. »Warum hast du uns das nicht gleich erzählt? Wie geht es dir dabei?«

Franzi biss sich auf die Lippe. Sie schien zu überlegen. Dann sagte sie: »Wir haben lange miteinander gesprochen. Felipe hat Heimweh nach Mexiko, seitdem er hier in Deutschland ist. Ganz schlimmes Heimweh. Er fühlt sich oft sehr fremd hier. Deshalb war er in der letzten Zeit auch so oft so gereizt. Als er an Ostern seine alten Schulfreunde in Madrid getroffen hat, ist ihm das alles klar geworden. Durch das Praktikum kann er noch mal zurückkehren – und er hofft, dass er sich dann vielleicht richtig verabschieden und das Leben in Deutschland wieder genießen kann.« Franzi seufzte. »Ich muss sagen, ich kann ihn verstehen.«
Marie sog nachdenklich an ihrem Strohhalm. Sie dachte an die vielen Eifersuchtsszenen, mit denen Felipe sich und Franzi das Leben in den letzten Monaten schwer gemacht hatte. Sie hatte immer angenommen, dass einfach sein halbmexikanisches Temperament dafür verantwortlich war. Niemals wäre sie darauf gekommen, dass Felipe sich fremd und unwohl in Deutschland fühlen könnte. So konnte man sich täuschen.
»Felipes Eifersuchtsanfälle sind ganz schön anstrengend«, warf Franzi prompt ein. »Vielleicht tut uns ein bisschen Abstand auch ganz gut. Allerdings müssten es vielleicht nicht gleich mehrere tausend Kilometer sein. Aber es ist nun mal, wie es ist. Leider muss Felipe auch noch in den Sommerferien jeden Abend im Restaurant seiner Mutter helfen. Ich kann mich also schon mal daran gewöhnen, wie das ist, ihn nicht zu sehen. Gott sei Dank gibt es E-Mail und SMS.«
Kim und Marie rückten dicht an Franzi heran und legten ihre Arme um sie.

»Wir sind immer für dich da«, versprach Kim feierlich. »Stimmt's, Marie?«
Marie nickte heftig. »Eine für alle und alle für eine, und zwar mit *drei Ausrufezeichen* dahinter!«
Franzi lächelte. »Danke. Ihr seid einfach die Besten!«
Plötzlich fiel Maries Blick auf einen kopierten Zettel, den Franzi neben sich auf die Decke gelegt hatte. »Was ist denn das?«, wollte sie wissen.
»Davon lag ein Stapel im Schwimmbad-Kiosk aus«, sagte Franzi und strich das Papier glatt. »Lest mal, ich finde, das klingt total gut.«
Marie und Kim beugten sich gespannt über den bunt bedruckten Zettel.

Schwimmst du noch oder schwebst du schon?
Mach mit beim NIXENSOMMER!
Darsteller
(Mädchen und Jungen im Alter von 13 bis 16 Jahren)
gesucht für eine aufregende Unterwassershow
mit Monoflossen-Performance.
Das Training für die Choreo findet unter der Leitung von
Marion Lengert (staatl. geprüfte Rettungsschwimmerin)
ab Beginn der Sommerferien statt:
Jeden Montag, Mittwoch und Freitag von 18 bis 20 Uhr.
Die Show Nixensommer *wird auf der großen Beachparty*
zum Abschluss des Eventsommers aufgeführt und per
Unterwasserkameras auf Großbildschirmen übertragen!
Alle Teilnehmer erhalten eine Dauerkarte für den
kostenlosen Eintritt ins Waldschwimmbad.

Habt ihr Lust auf einen unvergesslichen Nixensommer *bekommen? Dann einfach ausgefüllten Anmeldeabschnitt an der Kasse abgeben.*
Wir melden uns bei euch!
Eure Marion & das Event-Team
Der Eventsommer für die ganze Familie im Waldschwimmbad. In Zusammenarbeit mit Sport-Schnell, Fotostudio Richter und Argus-Kino.

»Das klingt spannend«, sagte Kim, nachdem sie zu Ende gelesen hatte.
»Finde ich auch«, stimmte Marie sofort zu. »Das Mädchen mit dem Nixenschwanz auf dem Bild sieht toll aus. Die Idee, Monoflossen in ein Kostüm einzunähen, ist einfach genial.« Sie sah bewundernd auf das Model, das scheinbar schwerelos unter der Wasseroberfläche schwebte. Es trug zu einem leuchtend orangefarbenen Bikini-Oberteil einen eng anliegenden, schillernden Textilschlauch um die Beine, der in einer golden schimmernden, täuschend echt aussehenden Fischflosse endete. Es sah tatsächlich so aus, als hätte sich das Mädchen zur Hälfte in einen großen Goldfisch verwandelt.
»Mit so einem Ding zu schwimmen ist bestimmt nicht leicht«, gab Kim zu bedenken. »Mit normalen Schwimmbewegungen kommt man da nicht weit.«
Franzi schüttelte den Kopf. »Ach was, das ist alles eine Frage der Technik und des Trainings. Ich glaube, man bewegt den ganzen Körper in so einer Art Wellenlinie, wie beim ›Butterfly‹-Stil. Das ist am Anfang etwas anstrengend, aber man ist auch superschnell.« Franzis Augen leuchteten vor

Begeisterung. Sie liebte jede Art von Bewegung. Neben Reiten, Skaten, Klettern und Rudern, das sie regelmäßig betrieb, probierte sie immer wieder gerne neue Sportarten aus. »Das Training findet dreimal die Woche statt. Da lernt man bestimmt sehr schnell«, fügte Franzi zuversichtlich hinzu.

Kim zögerte. Im Gegensatz zu Franzi und Marie war ihr alles, was körperliche Anstrengung erforderte, generell etwas unheimlich. Sie zog es in ihrer Freizeit eher vor, einen spannenden Krimi zu lesen und dazu eine Tüte Gummibärchen zu verputzen.

»Komm schon, gib dir einen Ruck«, rief Franzi. »Wir haben gerade keinen Fall in Aussicht – und wir können uns doch nicht ständig nur über die Jungs und die Probleme, die es mit ihnen gibt oder auch nicht gibt, unterhalten! Wir werden bestimmt total viel Spaß beim Training haben.«

Kim zog die Stirn in Falten. Plötzlich blitzten ihre Augen jedoch auf. Sie sagte knapp: »Ich bin dabei.«

»Das ging jetzt aber schnell«, bemerkte Marie erstaunt.

Kim zwinkerte. »Ich hasse Gartenarbeit.«

Marie und Franzi sahen sich ratlos an. »Was hat das denn mit dem ›Nixensommer‹ zu tun?«, fragte Franzi.

»Mir ist gerade eingefallen, dass ich meiner Mutter in den Sommerferien helfen soll, den Garten auf Vordermann zu bringen«, sagte Kim munter. »Aber wenn ich für eine Sportvorführung trainiere, kann ich natürlich nicht noch im Garten arbeiten. Meine Mutter wird als engagierte Lehrerin bestimmt einsehen, dass eine pädagogisch sinnvolle und wertvolle Beschäftigung vorgeht. Und das ist Monoflossentraining in der Gruppe ja wohl.«

Marie schüttelte lachend den Kopf. »Das klingt immer noch nicht wirklich nach Begeisterung für den Wassersport – aber Hauptsache, du bist dabei!«
»Ja!«, jubelte Franzi und riss die Arme hoch. »Das wird der beste Sommer aller Zeiten! Darauf müssen wir unseren Powerspruch zelebrieren, oder?!«
Sofort nickten sich die drei Mädchen zu. Dann riefen sie: »Die drei !!!.«
Kim sagte: »Eins!«
Franzi folgte mit: »Zwei!«
Marie rief: »Drei!«
Schließlich streckten sie die Arme in die Höhe und riefen gemeinsam: »Power!!!«

Badende Bärchen

Geheimes Tagebuch von Kim Jülich
Samstag, 13:45 Uhr
Hallo an alle Spione, die hier mitlesen.
Es ist ganz erstaunlich, welche raffinierten Programme man kostenlos aus dem Internet laden kann.
Du fragst dich, warum ich dir das erzähle?
Nun, die Webcam an meinem Laptop hat soeben ein paar schöne Fotos von dir geschossen und an mein Handy geschickt.
Wir sprechen uns!!!
Die Zwillinge sind für die nächsten zwei Wochen im Fußball-Camp, wo sie von ihrem Trainer hoffentlich richtig schön gequält werden. Das Mittagessen heute, allein mit Mama und Papa, war sehr schön. Es gab kein Geschrei, keine herumfliegenden Nudeln und keine Salatsoßensauerei. Ich kann mich gar nicht daran erinnern, wann eine Mahlzeit bei uns je so entspannt und ruhig war. Papa hat zuerst total laut zu Mama gesagt: »Schatz, kannst du mir bitte mal …«, dann hat er mitten im Satz gemerkt, dass er gar nicht gegen Lukas und Ben anbrüllen muss, und hat grinsend weitergeflüstert: »… die Kartoffeln rübergeben?«
Am Montag fängt das Training für eine Unterwassershow mit Monoflossen im Waldschwimmbad an, zu dem Kim, Franzi und ich uns angemeldet haben. Wir sind tatsächlich alle drei genommen worden. Klasse! Mein Plan ist auch aufgegangen: Mama war total begeistert, dass ich für eine Sportaufführung

trainieren will, und hat gleich von selbst gesagt, dass die Gartenarbeit, zu der sie mich eigentlich eingeteilt hatte, damit für mich gestrichen ist. Ich sollte die verbleibende Zeit doch lieber meinen Kurzgeschichten widmen. Da sind wir uns ausnahmsweise einmal einig: In diesen Ferien werde ich mich wieder ernsthaft mit dem Schreiben beschäftigen!

Und natürlich dieses Wasserballett einstudieren. Mal sehen, wie das wird. Aber es ist tausendmal besser, mit Franzi und Marie als Nixe durchs Wasser zu tauchen (und davor und danach Eis zu essen oder Cola zu trinken), als unter sengender Sonne mit schweißnasser Stirn Unkraut zu jäten und sich Blasen an den Fingern zu holen!!!

Und nun muss ich noch eine sehr schlechte Nachricht loswerden. Ich war gestern nach der Schule mit Michi im Lomo, *um auf den Start der Ferien anzustoßen. Das ist natürlich noch nicht die schlechte Nachricht. Die kommt jetzt: Michi hat mir gesagt, dass er für die nächsten zwei Wochen wegfährt. Sein Vater hat ein Last-Minute-Angebot für eine Mountainbikingtour durch Südfrankreich mit Outdoor-Übernachtungen entdeckt und spontan beschlossen, den Elektroladen für zwei Wochen dichtzumachen und seinen Sohn zu einem ›echten Männerurlaub‹ einzuladen. Sie fahren schon am Montag los! Das war vielleicht ein Schock. Ich hatte mich so drauf gefreut, ganz viel Zeit mit meinem Freund in den Ferien zu verbringen. Und jetzt?!*

Ich gönne Michi den Urlaub natürlich. Seit er seine Ausbildung macht, ist er nicht mehr länger weg gewesen. Außerdem haben wir dann noch vier Wochen, wenn er zurück ist. Immerhin geht Michi nicht für zwei Monate oder womöglich ein halbes Jahr nach Mexiko, so wie Franzis Freund Felipe! Das stelle ich mir

wirklich schrecklich vor. Auch wenn Franzi gerade so tut, als sei alles halb so wild.
Aber ich kann mir noch tausendmal sagen, dass es Franzi viel schlimmer als mich getroffen hat – trotzdem zerreißt es mir beinahe das Herz, wenn ich daran denke, dass Michi und ich uns volle zwei Wochen nicht sehen können. Ich werde ihn so schrecklich vermissen!!!
Ich bin sehr froh, dass am Montag das Training im Waldschwimmbad anfängt. Das lenkt mich hoffentlich etwas ab.

Detektivtagebuch von Kim Jülich
Samstag, 14:45 Uhr
Der Detektivclub hat geschlossen und gönnt sich dieses Jahr komplett ruhige Sommerferien!!!
Erholung muss schließlich auch mal sein!

»Du hast immer noch kein Date mit Holger ausgemacht?«, fragte Franzi ungläubig.
»Nein.« Marie verschränkte die Arme unter dem Kopf und starrte zu dem ausladenden Blätterdach des Kastanienbaums hoch. An diesem ersten Ferientag strahlte die Sonne von einem wolkenlosen blauen Himmel und es herrschten beinahe 35 Grad. Die drei !!! hatten die Dauerkarten, die ihnen das Eventteam zusammen mit der Aufnahmebestätigung zugeschickt hatte, gleich eingesetzt und sich drei Stunden vor Trainingsbeginn im Waldschwimmbad verabredet, um gemütlich in der Sonne zu liegen, zu lesen und zu faulenzen. Leider war Marie gerade gar nicht entspannt. »Es ist wirklich wie verhext«, seufzte sie. »Letzte Woche ist der neue Decken-

anstrich im Wohnzimmer des Dienstbotenhäuschens wieder runtergekommen und Holger muss alles ausbessern. Er ist total gestresst. Und ich will mich nicht so zwischen Tür und Angel mit ihm treffen. Ich muss einfach Geduld haben und den richtigen Zeitpunkt abwarten.«

»Er wird bestimmt bald kommen!«, versuchte Franzi Marie aufzumuntern.

Marie nickte schwach.

Kim murmelte: »Geduld haben … das ist manchmal nicht so einfach.« Sie angelte sich ein Gummibärchen aus der Tüte, die in der Mitte auf der Decke lag. Missmutig kaute sie.

»Du vermisst Michi, stimmt's?«, sagte Marie.

»Und wie«, sagte Kim mit Grabesstimme. »Ich weiß ja, dass er bloß zwei Wochen weg ist. Aber es kommt mir vor wie eine Ewigkeit.« Sie klaubte sich ein weiteres Bärchen aus der Tüte, betrachtete es zögernd und ließ es in ihrem Mund verschwinden. »Wenn ich weiter so viele Süßigkeiten esse, gehe ich nachher im Wasser unter wie ein Stein.«

»Das passt doch, es ist ja auch eine *Unterwasser*show«, witzelte Franzi mit einem müden Lächeln.

Kim und Marie verdrehten die Augen.

»Wusstet ihr, dass Gummibärchen drei- bis viermal so groß werden, wenn man sie in Wasser legt?«, sagte Kim unvermittelt.

Marie zog die Stirn in Falten. »Was soll das denn jetzt? Hast du zu viel Sonne abgekriegt?«

»Das ist mir eben gerade eingefallen«, verteidigte sich Kim.

Franzi sah sie neugierig an. »Stimmt das wirklich? Die wachsen im Wasser?«

Kim nickte. »Ja! Wir haben das mal im, äh, Kindergarten probiert.«
»Ein unvergessliches Erlebnis also«, stellte Marie fest und drehte sich auf den Bauch.
»Also, ich will das jetzt sehen«, verkündete Franzi. Sie schnappte sich ihren Trinkbecher und sah zu der großen Colaflasche, die neben Marie lag. »Geht das auch mit Cola?«
»Darin wird es wahrscheinlich innerhalb von zwei Sekunden zerfressen«, mutmaßte Marie.
Kim sprang auf. »Mit Cola geht es, glaube ich, nicht. Wir gehen einfach eine Runde schwimmen und füllen vorher unauffällig am Beckenrand etwas Wasser in den Becher. Heute Abend kannst du das Ergebnis dann sehen.«
Franzi grinste. »Alles klar.« Sie ließ ein grünes Gummibärchen in den Becher fallen.
Marie drehte sich wieder auf den Rücken und stützte sich auf die Ellenbogen. »Ihr habt sie ja nicht mehr alle«, sagte sie lachend. »Aber ins Wasser würde ich jetzt auch gehen, ich brauche eine kleine Abkühlung.«
Die drei Mädchen schnappten sich ihre Handtücher und liefen über die Wiese zum großen Schwimmbecken.
Sie setzten sich an den Rand und ließen die Beine ins Wasser baumeln. Franzi tauchte den Becher vorsichtig ein und ließ etwas Wasser hineinschwappen.
»Was machst du denn da?«, erklang plötzlich eine erstaunte Stimme.
Franzi ließ den Becher vor Schreck beinahe fallen. Sie hatte komplett übersehen, dass sich knapp neben ihr im Wasser ein Junge am Beckenrand festhielt.

Nach einem kurzen Blick in den Becher grinste er breit. »Ach so, ihr badet euer Bärchen.«
Franzi wurde feuerrot. Marie schloss die Augen. Kim schüttelte den Kopf.
Franzi fand als Erste die Sprache wieder. »N… nein, das ist … ein Experiment!«, stotterte sie.
Der Junge strich sich die nassen Haare aus dem Gesicht. Seine blauen Augen blitzten spöttisch. »Ein Experiment. Klar. Wollt ihr wissen, ob es schwimmen kann?«
»Nein, es soll wachsen«, antwortete Franzi.
Kim beeilte sich, den Hintergrund zu erklären: »Gummibären bestehen aus Gelatine. Und die quillt in Wasser auf. Ich wollte meinen Freundinnen dieses Phänomen zeigen.«
»Witzig. Jetzt erinnere ich mich. Das Experiment haben wir im Kindergarten gemacht.« Der Junge grinste. »Wir haben es auch mit heißem Wasser probiert. Darin haben sie sich ganz schnell aufgelöst und wir konnten *Bärchen-Bouillon* trinken.«
»Igitt«, sagte Franzi und verzog das Gesicht. »Auf *dieses* Experiment kann ich aber verzichten.«
»Seid ihr eigentlich nur für physikalische Versuchsanordnungen ins Schwimmbad gekommen – oder schwimmt ihr auch?« Der Junge lächelte die Mädchen offen an. »Habt ihr Lust auf ein Wettschwimmen?«
Marie und Franzi nickten sofort.
»Klar! Aber du weißt nicht, auf was du dich da einlässt«, rief Marie herausfordernd und sprang ins Wasser.
Kim winkte ab. »Ich ziehe lieber in Ruhe meine Bahnen. Aber ich gebe euch das Startzeichen, okay?«

»Alles klar«, sagte der Junge.

Franzi versteckte schnell den Becher unter ihrem Handtuch und ließ sich ins Wasser gleiten.

»Freistil?«, fragte der Junge.

Marie und Franzi machten das Okay-Zeichen.

Sie brachten sich in Startposition. Kim zählte rückwärts auf drei und bei ihrem ›Go‹ schossen sie los.

Franzi und der Junge pflügten sofort mit kräftigen, gleichmäßigen Kraulbewegungen durch das Wasser. Erstaunt stellte Marie fest, dass sie gegen diese beiden Torpedos überhaupt keine Chance hatte und innerhalb weniger Sekunden mehrere Meter hinten lag. Sie hielt zunächst tapfer durch. Aber als Franzi und der Junge ihr auf ungefähr zwei Dritteln der Strecke bereits wieder entgegenkamen, gab sie auf. Marie kehrte um und schwamm in gemächlichem Tempo zurück. Sie beobachtete, wie der Junge vielleicht eine Zehntelsekunde vor Franzi im Ziel ankam. Als Marie sie erreicht hatte, hingen die beiden schnaufend am Rand, und Kim rief am Beckenrand sitzend: »*And the winner is* – ja wie heißt der Gewinner überhaupt?«

»Blake«, schnaufte der Junge. »Ich bin Blake. Und ihr?«

Die drei !!! stellten sich vor.

Franzi klatschte sich mit Blake ab. »Du bist echt schnell!«, japste sie. »Ich muss einfach mehr an meiner Beintechnik arbeiten.«

Der Junge schüttelte den Kopf. »Das ist gar nicht so wichtig, glaub mir. Du bist schon verdammt gut, du musst nur mehr auf deine Körperlage im Wasser achten. Der Widerstand muss so gering wie möglich sein.«

»Das werde ich mir merken«, sagte Franzi. Ihr Blick fiel auf Blakes durchtrainierte Oberarme. »Welchen Sport machst du eigentlich sonst noch? Oder kommen deine Muskeln allein vom Schwimmen?«
Blake zögerte einen Moment. »Ich mache alles Mögliche«, sagte er dann. »Neben Schwimmen noch Karate, Fechten und Basketball, und seit Neuestem Rudern.«
»Rudern habe ich auch vor Kurzem angefangen«, rief Franzi. Marie und Kim hörten amüsiert dabei zu, wie Franzi mit Blake fachsimpelte.
»Hört mal«, sagte Kim nach einer Weile. »Ihr habt schon ganz blaue Lippen, wollt ihr nicht aus dem Wasser kommen und bei einer Portion Pommes weiterreden?« Sie rieb sich den Bauch. »Ich habe jedenfalls Hunger!«
»Gute Idee!«, sagte Blake sofort. »Ich bin dabei. Einen Moment.« Er stieß sich ab und kraulte zur entgegengesetzten Richtung des Schwimmbeckens.
Die drei !!! sahen ihm überrascht nach.
»Was soll das denn jetzt?«, fragte Marie.
Franzi zog sich aus dem Wasser und setzte sich an den Beckenrand. Sie zuckte die Schultern. »Er hat wohl doch keine Lust auf Pommes.«
Marie schwang sich ebenfalls aus dem Wasser. »Echt seltsam.« Sie strich sich die Haare zurück. »Mist, ich brauche heute Abend unbedingt eine Haarkur.«
»Seht mal!«, rief Kim plötzlich. Sie zeigte zum anderen Ende des Beckens.
Blake saß am Rand. Jetzt rutschte er weiter nach hinten, um dann mit einer kraftvollen Bewegung der Arme den Ober-

körper hochzustemmen und sich in einen bereitstehenden Stuhl zu schwingen. Es war ein Rollstuhl mit schwarzem Gestänge und leuchtend roten Rädern.
»Ich bin so weit«, sagte Blake, als er die drei !!! erreicht hatte. Er drehte sich mit seinem Sportrolli einmal um die eigene Achse, zwinkerte und sagte: »Darf ich vorstellen: *Roller Blake*. Leicht, wendig, schnell, tiefergelegt. Jetzt kennt ihr das Geheimnis meines erfolgreichen Bizepstrainings!« Er sah selbstbewusst in die Runde.
Marie war auf einmal etwas unsicher, wie sie reagieren sollten. Blake im Rollstuhl war schon eine ziemliche Überraschung. Auch Kim schien nicht zu wissen, was sie sagen sollte.
Plötzlich platzte Franzi in das Schweigen hinein: »Du hast vorne Skaterrollen drauf!« Sie bückte sich und fuhr über eines der knallroten Vorderräder des Sportrollis. »Ich hab genau die gleichen«, sagte sie begeistert.
Blake grinste. »Das kann sein, das Ding ist eine Sonderanfertigung. Das Neueste, was der Sportrollimarkt hergibt.« Er beugte sich vor und löste einen schmalen Gurt, der um seine beiden Oberschenkel befestigt war. »Den brauche ich, um die Beine im Wasser in der optimalen Position zu halten«, erklärte er, als er Franzis neugierigen Blick bemerkte.
»So viel zum Thema Beinarbeit beim Kraulen«, stellte sie trocken fest.
»Genau.« Blake nickte. Dann sah er die drei Mädchen auffordernd an. »Was ist jetzt mit den Pommes?«
Franzi grinste. »Los geht's, würde ich sagen!«
»Ja, *gehen* ist echt gut …« Marie sah Franzi vorwurfsvoll an.

»Sei doch nicht so korrekt!«, rief Blake, gab den beiden Rädern einen kraftvollen Stoß und schoss vorwärts.
Franzi schnappte sich den Becher mit dem Gummibärchen und ihr Handtuch, dann joggten die drei !!! hinterher.

Bei einer Portion Pommes am Kiosk erzählte Blake von sich. Kim, Franzi und Marie erfuhren, dass er vor knapp vier Jahren bei einem Reitunfall so unglücklich gestürzt war, dass er sich die Wirbelsäule verletzt hatte. Seitdem bewegte er sich im Rollstuhl fort.
»Mitleidige Blicke killen mich echt«, nuschelte Blake. »Ich meine, jeder Mensch hat eben sein Schicksal. Nicht, dass ich drum gebeten hätte, querschnittsgelähmt zu sein. Aber es ist so gekommen und ich habe mich daran gewöhnt. Ich mache das Beste draus.«
»Und du bist verdammt gut darin, glaube ich«, sagte Marie.
Blake sah einen Augenblick nachdenklich aus. Dann spülte er die Pommes mit einem Schluck Cola herunter. »Meistens wenigstens«, sagte er ernst.
Franzi betrachtete die schräg stehenden Räder von Blakes Sportrollstuhl. »Ist das nicht sehr wackelig?«
»Überhaupt nicht – wenn du ein bisschen Übung hast.« Blakes Augen blitzten. »Durch die besondere Stellung der Räder ist der Sportrolli extrem wendig. Du kannst dich auf geringstem Radius drehen. Und er ist sehr schnell. Ich fahre nur noch mit dem Ding!«
»Das klingt gut«, sagte Franzi. Sie zögerte kurz, dann platzte sie heraus: »Ich würde das gerne mal ausprobieren!«
Marie und Kim sahen ihre Freundin irritiert an.

Blake jedoch grinste über das ganze Gesicht. »Klar. Mach das.« Er schwang sich aus dem Rollstuhl auf die Holzbank daneben und deutete eine Verbeugung an: »Bitte schön, nehmen Sie Platz. Anschnallen nicht vergessen!«
Franzi setzte sich in den Rolli und Blake erklärte ihr kurz die wichtigsten Bewegungen.
Unter den erstaunten Blicken der anderen Gäste fuhr Franzi ein Stück die Bar entlang, wendete geschickt und kehrte zu Blake, Marie und Kim zurück.
»Der liegt sehr gut in der Spur.« Franzi sah Blake an. »Ich fahr mal eine Runde um den Block, okay? Hinten bei den Umkleiden gibt es zwei schöne Rampen …«
»Ja.« Blake nickte begeistert. »Wenn du die zweite voll Speed nimmst, hebst du unten sogar ein Stück ab!«
Franzi machte das Okay-Zeichen und rollte los.
»Aber sei vorsichtig«, rief ihr Blake hinterher. »Nicht, dass du ihn kaputt machst! Meine Mami schimpft, wenn ich heute Abend ohne nach Hause komme, haha.«
Marie schüttelte lachend den Kopf. »Du bist unmöglich.«
Blake hob mit seinen Armen ein Bein an, ließ es über Kreuz auf das andere fallen und lehnte sich entspannt zurück. »So bin ich eben.«
Als Franzi nach zwanzig Minuten immer noch nicht zurückgekehrt war, wurde Blake jedoch leicht nervös. Er sah auf seine große Taucheruhr am Handgelenk. »Wo bleibt Franzi denn? Ich müsste so langsam mal wohin …«
Kim setzte sich sofort alarmiert auf. »Hoffentlich ist nichts passiert!«
Auf Blakes Stirn erschien eine steile Falte.

Ein neuer Fall?

»Da kommt sie«, rief Marie plötzlich.

Franzi rollte zu ihnen an den Tisch. Sie wirkte gehetzt und ihre Wangen waren gerötet. Aber der Rollstuhl war ganz.

Blake war sichtlich erleichtert. »Und, wie war's?«, fragte er, während er sich wieder in seinen Rolli setzte.

»Das war mal eine neue Erfahrung«, sagte Franzi. Sie schüttelte ihre Arme aus. »Es ist ganz schön anstrengend. Und es ist wirklich merkwürdig, wie manche Leute gucken. Mit so einer Mischung aus Mitleid und Neugier. Das nervt echt.«

Blake nickte. »Das kannst du laut sagen. Aber jetzt muss ich mich mal kurz entschuldigen. Ich bin in fünf Minuten wieder da.« Er fuhr in Richtung der Toiletten davon.

Franzi beugte sich vor. »Leute, ihr werdet nicht glauben, was eben passiert ist!«, flüsterte sie aufgeregt.

Sofort spürte Marie das bekannte Kribbeln in der Magengegend. Hatte Franzi etwa einen neuen Fall an Land gezogen? Es war erst knapp zwei Monate her, dass sie das letzte Mal ermittelt hatten. Dabei hatten sie einen sehr charmanten, aber leider eben doch kriminellen Täter erwischt. Dass alles seinen Ausgang in der alten Villa genommen hatte, in der Marie wohnte, hatte ihr einmal mehr gezeigt, dass Verbrechen eben überall und jederzeit passieren konnten.

Warum sollte Franzi also nicht hier und heute etwas gesehen haben, dem sie nachgehen mussten!?

Kim schien ähnlich zu denken. »Erzähl!«, zischte sie aufgeregt und rückte näher. »Was war los?«

Franzi rieb sich die Handgelenke. »Es ist schon verrückt: Mit einem Rollstuhl kann man einerseits ziemlich auffallen – andererseits ist er das perfekte Fahrzeug, um sich für andere unsichtbar zu machen.«

»Wie meinst du das?«, fragte Marie ungeduldig.

»Man kann sich schnell und lautlos in einer niedrigen Sitzposition bewegen«, erklärte Franzi. »Wenn du das hinter einer hüfthohen Hecke machst, vermutet dich kein Mensch dahinter. Als ich vorhin an den Umkleiden vorbeigefahren bin, sind mir zwei Männer aufgefallen. Sie standen bei den Schließfächern und haben sich irgendwie seltsam benommen: Sie haben sich ständig umgedreht und wirkten, als wollten sie nicht gesehen werden. Das kam mir komisch vor. Deshalb habe ich mich in Blakes Rollstuhl unauffällig bis an die Büsche heranrollen lassen, die dort gepflanzt sind, und mich dahinter versteckt. Ich konnte ganz bequem im Sitzen beobachten und lauschen. Also: Einer der Männer …«

»… hat die Schlösser aufgebrochen?«, fragte Kim aufgeregt dazwischen.

Franzi winkte ab. »Nein. Jetzt lass mich doch mal fertig erzählen. Also: Einer der Männer schließt plötzlich ein Schließfach auf und legt etwas hinein …«

»Was ist denn daran so merkwürdig?«, unterbrach Marie ungeduldig. »Dafür sind Schließfächer doch da.«

Franzi zupfte verärgert an einem ihrer kurzen Zöpfe. »Wenn ihr mich nicht ausreden lasst, werdet ihr die Geschichte nie erfahren.«

Marie und Kim hoben entschuldigend die Hände.

»Also, der Mann schließt das Fach auf und legt etwas hinein, das er aus seinem Rucksack gezogen hat. Dann geht er zu einem anderen Fach und schließt es mit dem*selben* Schlüssel auf! Wieder legt er etwas hinein. Das haben sie bei insgesamt fünf Spinden so gemacht.«

Marie wickelte sich eine Haarsträhne um ihren Finger. »Bist du sicher, dass es ein Schlüssel war – und kein Dietrich?«

»So genau konnte ich das auf die Entfernung natürlich nicht sehen. Aber das Öffnen ging jedes Mal sehr schnell. Ich glaube nicht, dass man mit einem Dietrich ein Schloss innerhalb von zwei Sekunden knacken kann.«

»Stimmt. Man muss erst den richtigen Druckpunkt ertasten. Das dauert eine Weile«, murmelte Marie. Sie war die Fachfrau im Detektivclub für das Knacken von Schlössern und hatte ihr Wissen und Können schon oft eingesetzt, wenn es die Ermittlungsarbeit erforderte.

»Das wirklich Merkwürdige ist aber doch, dass die Männer etwas in die Schließfächer hineingelegt haben«, gab Kim zu bedenken. »Vielleicht handelt es sich um ein Versteck für Diebesbeute, für Drogen oder Schmuggelware?«

»Das habe ich auch überlegt«, antwortete Franzi. »Ich bin den beiden Gestalten natürlich sofort gefolgt, als sie sich von den Schließfächern entfernt haben.« Sie zuckte mit den Schultern. »Leider habe ich ihre Spur im hinteren Gelände verloren, weil mir eine Gruppe von ungefähr zwanzig hochschwangeren Frauen entgegenkam, die lauter Taschen, Körbe und gerollte Matten bei sich hatten. Da kam ich nur langsam vorbei, und als ich durch war, waren die zwei Typen weg. Ich soll euch übrigens einen lieben Gruß von Tessa sagen.«

Marie grinste. »Du bist der Schwangerschafts-Yoga-Gruppe begegnet. Sie treffen sich immer montags im Schwimmbad, um an der frischen Luft ihre Übungen zu machen.« Sie lachte. »Wenn die alle so einen dicken Bauch hatten wie Tessa, glaube ich dir, dass du kaum dran vorbeigekommen bist.«

Franzi verdrehte die Augen. »So war es. Zu blöd, dass ich die beiden Männer aus den Augen verloren habe.«

»Das war eben Pech.« Kim trank ihre Cola aus und räumte die leeren Pommes-Schälchen zusammen. »Wir sollten dem Bademeister Bescheid geben, dass sich da jemand an den Schließfächern zu schaffen gemacht hat. Und am besten sehen wir sie uns selbst noch mal an.«

Marie stand auf und sah auf ihre Armbanduhr. »Dann aber schnell! Das Training fängt gleich an.«

»Das hätte ich beinahe vergessen«, rief Franzi. Sie sprang auf. In diesem Moment kam Blake zurückgerollt. »Ihr müsst schon los? Ich übrigens auch. Ich mache bei der Show mit und das Training dafür beginnt um sechs.« Er zeigte auf ein Plakat neben dem Eingang, auf dem in großen Lettern die große Beach-Party und die Show ›Nixensommer‹ angekündigt wurde.

»Echt?«, rief Marie überrascht. »Das ist ja klasse, da sind wir auch dabei. Dann sehen wir uns gleich, wir müssen nur noch kurz was erledigen!«

»Super, alles klar!« Blake winkte und rollte davon.

Die drei !!! liefen zu ihrem Liegeplatz und packten ihre Sachen. Marie schloss alles schnell in ihrem Spind ein, während Kim und Franzi die Wand mit den Schließfächern abliefen und mit geübtem Detektivblick überprüften.

»Mir fällt nichts Besonderes auf«, sagte Kim leise. »Aber wir sollten uns das später noch mal genauer ansehen.«
»Unbedingt«, flüsterte Franzi.
Nachdem Marie wieder zu ihnen gestoßen war, steuerten sie gemeinsam auf einen Bademeister zu, der am Kassenhäuschen lehnte. Er unterhielt sich angeregt mit der jungen Frau, die die Eintrittskarten verkaufte.
Franzi sprach ihn an: »Entschuldigen Sie bitte!«
Der Mann war jedoch so in das Gespräch vertieft, dass er nicht reagierte. Erst beim dritten Versuch gelang es, seine Aufmerksamkeit zu erregen. Unwillig wandte er sich den drei !!!. zu. »Was gibt es, Kinder?«, fragte er unwirsch.
Franzi schilderte in knappen Worten ihre Beobachtung.
»Du hast also jemanden beobachtet, wie er mit einem einzigen Schlüssel mehrere Schließfächer aufgeschlossen und etwas hineingelegt hat?« Dem Bademeister war deutlich anzusehen, dass er die Geschichte nicht wirklich glaubte. Er kniff die Augen zusammen und schien nachzudenken, wie er die Mädchen schnellstmöglich wieder loswurde, um seinen Flirt fortsetzen zu können. »Danke, dass ihr das gemeldet habt«, sagte er schließlich hastig. »Ich, äh … werde eine Notiz bei den Schließfächern anbringen. Die Leute sollen sich melden, wenn ihnen etwas Merkwürdiges aufgefallen ist. Okay?« Er kehrte Franzi den Rücken zu, beugte sich wieder zu dem Tresen am Kassenhäuschen und sagte etwas. Die junge Frau hinter dem Guckloch kicherte.
Die drei !!! sahen sich sprachlos an.
»Dann wollen wir mal nicht weiter stören«, murmelte Marie kopfschüttelnd. »Wir haben es sowieso eilig.«

»Stimmt, Mist, es ist schon zehn nach sechs«, rief Franzi nach einem Blick auf ihre Armbanduhr.

Sie rannten los.

Als sie beim großen Becken ankamen, sahen sie, dass die Wasserfläche mit einem roten Seil genau in der Mitte markiert war. Auf der einen Seite zogen einige Schwimmer ihre verkürzten Bahnen, die andere Seite war leer. Am Beckenrand saßen sieben Mädchen, Blake und ein weiterer Junge und nestelten an Monoflossen und glänzenden Textilschläuchen herum. Blake winkte kurz. Eine braun gebrannte, schlanke junge Frau in Bademeistershorts und blauem Polohemd lief von einem zum anderen und half.

Die drei !!! entschuldigten sich für ihr Zuspätkommen.

Die Frau lächelte. »Halb so schlimm. Hauptsache, ihr seid jetzt da. Aber in Zukunft bitte pünktlich sein.« Sie nahm eine Mappe vom Boden und blätterte zu einer Liste. »Ich bin übrigens Marion Lengert. Ich studiere Sport und arbeite nebenher als Bademeisterin hier im Waldschwimmbad. Wir werden in den nächsten zwei Wochen zusammen die große ›Nixenshow‹ einstudieren.« Sie sah auf die Liste. »Ihr seid also Marie Grevenbroich, Kim Jülich und Franziska Winkler. Wer ist denn wer?«

Die drei !!! stellten sich vor und Marion hakte ihre Namen ab.

»Die allgemeine Vorstellungsrunde habt ihr leider verpasst. Aber ihr werdet euer Team sicher auch so schnell kennenlernen.« Marion lief zu einer großen Box und nahm zwei Nixenschwänze und eine Haifischflosse heraus. »Habt ihr schon Erfahrung mit Monoflossen?«, fragte sie.

Die drei !!! schüttelten die Köpfe.
»Kein Problem. Wir testen heute sowieso erst einmal die Bewegung im Wasser. Die Choreo mit Musik folgt in den kommenden Tagen.« Die Bademeisterin hielt die Kostüme hoch. »Es gibt insgesamt neun Meerjungfrauen und drei Haie. Wir haben hier noch zwei Mermaid- und ein Sharky-Kostüm. Die Flosse vom Hai-Kostüm ist etwas größer. Damit ist das Schwimmen ein bisschen anstrengender – dafür aber wesentlich schneller. Wer will?«
Marie sagte grinsend: »Der Hai gehört, glaube ich, Franzi.«
Ihre Freundin nickte heftig. »Ja, oder wollt ihr?«
Kim hob die Hände. »Bloß nicht. Ich will das Ganze nicht noch anstrengender haben, als es ohnehin schon ist.«
»Und ich möchte lieber eine schöne Nixe sein«, stellte Marie unumwunden fest.
Nachdem das geklärt war, zeigte Marion den drei !!!, wie sie die Monoflossen in die Textilschläuche einfügen und das Kostüm über die Beine ziehen mussten.
Zehn Minuten später waren Kim, Franzi und Marie mit den anderen Teilnehmern im Wasser. Marion erklärte die Grundzüge der Fortbewegung und ließ die Gruppe einfach probieren.
Marie genoss die fließenden Bewegungen, die mit dem Flossenkostüm im Wasser möglich waren. Sie schloss die Augen und tauchte unter. Als sie nach einer Rückwärtsrolle wieder an die Oberfläche kam, streifte ihr Arm einen anderen Arm.
»Pass doch auf!«, rief eine wütende Mädchenstimme.
Marie wischte sich erschrocken das Wasser aus dem Gesicht. Als sie die Augen öffnete, erblickte sie ein sorgfältig, offen-

sichtlich wasserfest geschminktes Gesicht mit langen schwarzen Wimpern und einem himbeerroten Mund: Fleur van der Teuben! Augenblicklich durchflutete Marie eine heiße Wutwelle. Sie zog eine Augenbraue hoch. »Pass doch selbst auf«, zischte sie. »Als ich untergetaucht bin, war noch niemand neben mir. Du bist mir in den Weg geschwommen!«

»Da habe ich dich wohl glatt übersehen.« Fleur verzog den Mund zu einem spöttischen Lächeln.

»Gibt es hier ein Problem?« Franzi war wie ein Phantom neben den beiden aufgetaucht. Sie plätscherte mit ihrer großen Haifischflosse im Wasser.

»Nein«, sagten Marie und Fleur wie aus einem Munde. Sie sahen sich kurz irritiert an.

»Dann ist ja gut«, stellte Franzi fest. Sie tauchte elegant ab. Nur das Ende des Sharky-Schwanzes schlug noch einmal auf die Wasseroberfläche. Eine Welle schwappte Fleur mitten ins Gesicht. Sie schrie empört auf.

»Man sieht sich«, sagte Marie knapp und tauchte ebenfalls unter.

Das Gefühl, frei im Wasser zu schweben und sich mit einem einzigen, leichten Flossenschlag fortzubewegen, tat gut. Marie beschloss, diese Fleur einfach zu ignorieren und sich den Spaß am Training nicht verderben zu lassen.

Marion zeigte ihnen ein paar Tricks, mit denen sie ihre Beweglichkeit steigern konnten. Sie machten Partnerübungen, tauchten dabei durch große Plastikringe und machten Atemübungen, um länger unter Wasser bleiben zu können.

Dann waren die zwei Stunden Training auch schon wie im Fluge vergangen.

Die drei !!! machten sich auf den Weg zu den Schließfächern.
»Dass ausgerechnet Fleur mit ihren zwei Pilotfischen dabei sein muss!«, schnaufte Marie verärgert.
»Diese Fleur ist wirklich ziemlich zickig. Aber ihre beiden Freundinnen, Meli und Zuzana, finde ich eigentlich ganz nett«, sagte Kim. »Zumindest war Meli bei der Partnerübung total geduldig, obwohl ich mich nicht sehr geschickt angestellt habe.«
Im nächsten Moment hatte Marie Fleur jedoch schon vergessen. Ihr Blick fiel auf die Wand mit den Spinden. Die meisten Schränke standen offen und die Schlüssel steckten. Das Schwimmbad hatte bereits geschlossen und die Badegäste hatten das Gelände verlassen. »Natürlich hat der Bademeister kein Schild aufgehängt«, stellte sie fest.
Blake hatte bereits seine Sachen aus einem Schließfach weiter hinten geholt. Er rollte an den drei !!! vorbei und winkte. »Bis Mittwoch dann!«
»Ja, und immer schön in der Spur bleiben, gell?!«, rief ihm Franzi hinterher.
Blake lachte.
»Er ist sehr nett«, sagte Franzi leise.
Kim sah ihre Freundin von der Seite an. »Ich hoffe, du hast Felipe nicht schon vergessen?«
Franzi verdrehte die Augen. »Man kann doch einen Jungen nett finden, ohne dass man gleich in ihn verliebt ist und mit ihm zusammen sein will!«
»Ich dachte, wir wollten nicht die ganze Zeit über Jungs sprechen«, schaltete sich Marie ein. »Wir haben einen neuen Fall, schon vergessen?«

»Jetzt lass uns doch in Ruhe! Wer ist denn die ganze Zeit schlecht gelaunt und jammert wegen Holger herum?«, schoss Franzi zurück.
Marie schnappte nach Luft. »Das war gemein!« Beleidigt drehte sie sich zu ihrem Spind und schloss auf.
Sofort biss Franzi sich auf die Lippe. Nach kurzem Zögern sagte sie leise: »Tut mir leid.«
Marie nickte. Sie gab Kim und Franzi die Taschen, die sie vorhin in ihrem Spind mit eingeschlossen hatte.
Kim holte ihre Kleidung aus ihrem Schließfach. »Leute, ich glaube, wir sollten jetzt alle nach Hause gehen und ein bisschen entspannen.« Sie wies mit dem Kinn zu den Schließfächern. »Dass der Bademeister keine Notiz angebracht hat, hat auch einen Vorteil: Wenn die beiden Typen, die Franzi beobachtet hat, wirklich etwas Kriminelles getan haben, dann sind sie jetzt nicht vorgewarnt und kommen vielleicht wieder. Wir sollten morgen die Schließfächer im Auge behalten.«
Franzi stieg in ihre weite Skatershorts und zog sich das T-Shirt über. »Gute Idee!«, sagte sie knapp.
Marie schlüpfte in ihr Minikleid. »Okay. Wir machen morgen weiter.«
»Gut.« Kim sah zufrieden aus. »Dann treffen wir uns um zehn Uhr wieder hier bei den Umkleiden.«

Ein Herz zerbricht

Der Kies knirschte leise unter Maries Flip-Flops, als sie über den runden Vorplatz der Villa lief. Während sie in ihrer Strandtasche nach dem Hausschlüssel kramte, fiel ihr Blick auf den alten Springbrunnen in der Mitte des Rondells. Er kam ihr heute wesentlich kleiner vor als sonst. Wahrscheinlich lag das daran, dass die große Säule aus der Brunnenmitte abmontiert war. Sie befand sich auf dem Boden neben dem Becken. Der weiße Marmorengel, der auf der Spitze der Säule gethront hatte, lag, sorgfältig in Plastikfolie gehüllt, ebenfalls auf dem Boden. Daneben stapelten sich Zementsäcke und weiteres Baumaterial. Marie lächelte. Offenbar hatten Tessa und Helmut beschlossen, den alten Brunnen wieder instand setzen zu lassen. Das fand Marie sehr schön, besonders, weil er in ihrem letzten Fall eine wichtige Rolle gespielt hatte.

Marie ertastete die Schlüssel und zog das Bund aus der Tasche. Überrascht betrachtete sie das kleine Gummipferd mit den großen Zähnen, das daran baumelte. Als sie ihm auf die Nase stupste, fing es leise an zu wiehern. Im selben Moment klingelte ihr Handy. Es war Franzi.

»Hallo, ich habe eben deinen Hausschlüssel in meinem Rucksack gefunden!«, tönte es an Maries Ohr.

Sie betrachtete das grinsende Pferd in ihrer Hand. »Und ich habe, soweit ich das beurteilen kann, deinen.«

»Dann ist ja alles okay. Unsere Sachen sind im Spind wohl durcheinandergeraten und wir haben die Schlüssel vertauscht.«

Marie seufzte. »Wie komme ich denn jetzt rein?! Bei mir ist niemand zu Hause.« Sie hörte, dass Franzi mit jemandem sprach.
»Mein Bruder hat etwas in der Stadt zu erledigen, er kommt auf dem Weg gleich bei dir vorbei und bringt dir deinen Schlüssel«, sagte Franzi schließlich.
Marie atmete erleichtert auf. »Das ist supernett, danke!«
Nachdem sie das Gespräch beendet hatte, setzte sich Marie auf die oberste Stufe der breiten, geschwungenen Treppe vor dem Eingang. Der Steinboden fühlte sich angenehm warm an, die ersten Grillen zirpten in den üppig blühenden Rhododendronbüschen und eine sanfte Brise wehte durch Maries Haar. Sie ließ eine Strähne durch die Finger gleiten. Besorgt betrachtete sie die Spitzen. Sie spürte, wie ihre vom Chlorwasser des Schwimmbads ausgetrocknete Kopfhaut spannte, und sehnte sich nach einer ausgiebigen Dusche und einer intensiven Haarkur.
Erst eine Viertelstunde später nahte die Rettung: Endlich war das bekannte Knattern von Stefans altem Opel zu hören. Erleichtert lief Marie zur Einfahrt.
Franzis großer Bruder kletterte aus dem Auto und klimperte grinsend mit dem Schlüsselbund. »Nagellack und Lippenstift als Schlüsselanhänger habe ich noch nicht gesehen.«
»Das ist sehr praktisch!« Marie zog es vor, Stefan nicht zu erklären, dass beides wichtige Detektivutensilien waren: In dem Nagellackfläschchen befand sich Grafitpulver und aus der Lippenstifthülse konnte man einen kleinen Pinsel herausdrehen. So konnte Marie sofort Fingerabdruckspuren sichern, wenn sie an einem Tatort war.

Als Stefan ihr den Schlüssel gab, war ihre Freude und Erleichterung so groß, dass sie ihm spontan um den Hals fiel. »Tausend Dank, das werde ich dir nie vergessen!«

Stefan grinste. »Schon gut. Aber denkt in Zukunft dran, eure Sachen ordentlicher zu verstauen. Ich fahre nicht jeden Tag durch die Gegend!« Er stieg wieder in seinen alten Opel ein und brauste davon.

Marie winkte hinterher. Dann drehte sie sich um und sprang, beschwingt und voller Vorfreude auf eine entspannende Wellness-Dusche, die Stufen zum Eingang hoch.

Der dunkelhaarige Junge, der sich gerade wieder auf sein Mountainbike schwang, fiel Marie überhaupt nicht auf.

Er zog sich mit einem Ruck das blaue Basecap tiefer in die Stirn und preschte davon.

Marie durchquerte die Eingangshalle mit der hohen, stuckverzierten Decke. Sie ließ ihre Strandtasche auf die kleine Bank neben der Garderobe fallen und beeilte sich, in den ersten Stock in ihr Zimmer zu kommen.

Der Umzug in die Villa hatte Marie nicht nur ein größeres Zimmer, sondern ein direkt daran anschließendes Badezimmer beschert, das sie ganz alleine nutzen durfte.

Zufrieden betrachtete sie den weißen Marmorboden und die türkisen Mosaikkacheln an der Wand. Maries Vater hatte diesen Traum aus Glas und Stein spendiert, nachdem es vor nicht allzu langer Zeit einen Rohrbruch gegeben hatte und alles erneuert werden musste. Außerdem hatte er die Dusche umrüsten und mit Massagedüsen versehen lassen.

Marie war sehr stolz auf ihr persönliches Badezimmer, das sie mit kleinen bunten Holzfischen, Vanille-Duftstäbchen und schönen Muscheln in eine gemütliche Wellness-Oase verwandelt hatte. Mehrmals in der Woche zog sie sich hierher für einige Stunden zurück. Dieser Luxus tröstete sie immer wieder darüber hinweg, dass sie mit Lina unter einem Dach wohnen musste.

Marie atmete auf. Glücklicherweise übernachtete ihre Stiefschwester heute bei ihrer Freundin Carla. Und Tessa und Helmut waren in der Stadt unterwegs, um einen Kinderwagen zu kaufen. Anschließend wollten sie essen gehen. Sie würden vor zehn Uhr nicht zurück sein.

Marie hatte endlich einmal einen ganzen Abend für sich alleine! Sie kickte die Flip-Flops von den Füßen und drehte an ihrer Anlage den neuesten Song ihrer Lieblingsband *Boyzzzz* so laut auf, dass sie ihn garantiert auch unter der Dusche hören konnte. Jetzt war erst einmal ein ausgiebiges Beauty-Programm angesagt. Und danach würde sie Holger anrufen. Maries Herz begann augenblicklich wild zu pochen.

Heute Abend, das spürte sie ganz genau, war der richtige Moment, um ihn zu einem neuen Date einzuladen.

Marie betrat die gläserne Duschkabine und wählte das Massageprogramm. Es schickte kräftige heiße Wasserstrahlen auf ihren Rücken. Wenige Minuten später erfüllte der frische Duft von Maries Sandelholz-Duschgel das Badezimmer.

Als sie zu den Klängen von ›*Emotions*‹ die Haarkur auftrug, war jede Muskelfaser ihres Körpers bereits komplett entspannt, und als Marie ihre Haare fünf Minuten später im Regenschauer-Modus ausspülte, fühlte sie sich wie ein neuer Mensch.

Es war, als hätte das Wasser alle belastenden Dinge von ihr abgewaschen und gleichzeitig neue Ideen in ihren Kopf gespült. Jetzt gleich würde sie Holger anrufen!
Sie legte die Handflächen in Höhe ihres Herzens gegeneinander und beugte den Kopf. »Du und ich sind eins!«, flüsterte sie. Diesen rituellen Gruß hatte Tessa ihr gezeigt. Sie hatte ihn in ihrer Yogagruppe gelernt. Es war eigentlich irgendein fremdländisch klingendes Wort, das man sagen musste, aber das fiel Marie jetzt gerade nicht ein. Sie hatte sich jedoch die Bedeutung gemerkt, weil sie ihr gefallen hatte.
Marie musste kurz grinsen. Irgendwie benahm sie sich gerade schon etwas seltsam.
Sie stieg aus der Duschkabine, hüllte sich in eines der großen flauschigen Handtücher, die sie farblich sortiert in einem schmalen Regal aufbewahrte, und schlang ein weiteres Tuch als Turban um ihr nasses Haar. Dann wählte sie eine Flasche mit Aloe-Bodylotion aus ihrer reichhaltigen Sammlung von duftenden Körpercremes und lief in ihr Zimmer. Nachdem sie die Musik etwas leiser gedreht hatte, machte sie es sich auf den Sitzkissen im Erker gemütlich.
Sie rief Holgers Nummer auf ihrem Handy auf.
Bereits nach dem zweiten Klingeln ging er dran. Hatte er auf ihren Anruf gewartet?
»Hallo, Marie.« Holgers Stimme klang müde.
Etwas mehr Begeisterung hatte Marie schon erwartet. »Hi«, hauchte sie. »Ich wollte mich mal bei dir melden.«
»Aha.« Nach einer kurzen Pause sagte Holger: »Ich hätte vorhin beinahe geklingelt.«
»Warum hast du es denn nicht gemacht?«

Holger räusperte sich. »Ich wollte nicht stören.«
»Du störst nie!«, sagte Marie sofort.
»Das kann man nie wissen«, sagte Holger.
Bevor Marie etwas entgegnen konnte, war eine weibliche Stimme im Hintergrund zu hören: »Holgi!«
Marie runzelte die Stirn. »Da ruft jemand nach dir.«
»Ich bin zum Grillen eingeladen«, sagte Holger. »Von …«
»Hoolgiii!«, erschallte es erneut im Hintergrund. »Steaks sind fertig!«
»… von der Familie, bei der meine Mutter arbeitet«, beendete Holger den Satz.
Jetzt fiel Marie ein, woher sie die Stimme kannte. Die Härchen auf ihren Unterarmen stellten sich auf. Das war eindeutig Fleur van der Teuben!
»Na dann, guten Appetit«, presste Marie hervor.
»Danke«, sagte Holger. »Ich …«, fing er an, zögerte jedoch.
Maries Herz schlug schneller.
»… wünsche dir noch einen schönen Abend.«
Marie drückte das Gespräch weg. Ihre Hand mit dem Smartphone sackte kraftlos nach unten. Heiße Tränen schossen ihr in die Augen und nur ein Gedanke beherrschte ihr Gehirn: *Er serviert dich eiskalt ab.*
Wie konnte Holger so grausam sein? ›Ich wollte nicht stören.‹ Von wegen! Er wollte lieber den Abend mit dieser van-der-Teuben-Tussi verbringen, die ihn zum Steakessen einlud. Womöglich war er schon seit Wochen jeden Abend bei ihr und hatte deshalb nie Zeit. Die ganze Geschichte mit der Renovierung war bestimmt erstunken und erlogen.
Und damit nicht genug, Holger wollte, dass Marie es wusste.

Er wollte sie verletzen! Sie schüttelte sich. Diesem Jungen hätte sie beinahe gesagt, dass ihr Herz nur für ihn schlug, dass es nur ihm gehörte, dass sie wieder mit ihm zusammen sein wollte. Marie schluchzte auf. Sie presste die Hand vor den Mund, obwohl sie sowieso niemand hören konnte. Sie war ja allein. Ganz allein. Und sie würde es immer bleiben.
Holger hatte ihr soeben das Herz gebrochen. Es würde niemals mehr für ihn schlagen. Nein, es war schlimmer: Ihr Herz würde niemals mehr für irgendwen schlagen. Es war soeben in tausend Splitter zerborsten, die wie spitze Nadeln in ihrer Brust steckten und brannten.
Marie wühlte sich in ihr Kissen und ließ den Tränen freien Lauf.
Vielleicht, dachte sie, hörte ihr Herz heute Nacht sogar ganz auf zu schlagen.
Dann fiel sie erschöpft in einen unruhigen Schlaf.

Marie sieht rot

Es war bereits zehn Uhr. Marie trat stärker in die Pedalen. Ihr Kopf dröhnte und der Nacken war verspannt, aber darauf konnte sie jetzt keine Rücksicht nehmen. Sie wollte Kim und Franzi nicht noch länger warten lassen und fuhr wie der Teufel. Wie gut, dass das Waldschwimmbad nur wenige Minuten von ihrem Wohnviertel entfernt lag.

Als der Wecker heute Morgen geklingelt hatte, war Marie kaum aus dem Bett gekommen. Sie hatte sich vollkommen gerädert gefühlt, und nachdem sie sich im Badezimmerspiegel angesehen und beinahe mit einem Zombie verwechselt hatte, war klar gewesen, dass sie etliche Minuten mehr in ihr Make-up investieren musste: Ihre Augen waren klein und verquollen gewesen, die Nase gerötet und die Haare hingen wie zu weich gekochte Spaghetti herab.

Haare und Nase hatte Marie mit ein bisschen Glanzlack und Puder wieder in Ordnung gebracht, aber gegen die verquollenen Augen war nichts zu machen gewesen. Da half nur noch die XXL-Sonnenbrille.

Rein äußerlich hatte sich Marie halbwegs wiederhergestellt. Gegen die innere Verwüstung jedoch, die Holgers Worte gestern in ihr angerichtet hatten, half scheinbar gar nichts. Immer wieder hallten sie in ihrem Kopf nach.

Marie atmete tief durch. Sie musste sich zwingen, nicht an das Gespräch zu denken. Sonst brach sie sofort wieder in Tränen aus.

Glücklicherweise war für heute die Beobachtung der Schließ-

fächer angesetzt. So konnte sie sich voll und ganz in die Detektivarbeit stürzen und hoffentlich alles andere vergessen.
Im letzten Moment wich Marie einem Schlagloch aus und ließ ihr Rad bis vor die Ständer neben dem Eingang ausrollen.
Sie zog ihre Dauerkarte aus der Hosentasche.

Franzi und Kim warteten schon bei den Umkleiden. Sie sahen ziemlich sauer aus.
»Erzähl uns bitte nicht, dass du von deiner Gesangsstunde kommst«, zischelte Franzi.
»Tut mir leid«, murmelte Marie zerknirscht. Sie setzte die Sonnenbrille ab.
Sofort veränderte sich Franzis Gesichtsausdruck. »Wie siehst du denn aus?«, rief sie erschrocken. »Du hast ja Augenringe wie ein Pandabär!«
Ein kleiner Junge, der an der Hand seiner Mutter gerade den Gang zwischen den Umkleidekabinen entlanglief, sah interessiert zu Marie hoch.
Sie setzte schnell wieder ihre Sonnenbrille auf und strich sich das Haar aus dem Gesicht. »Ich habe letzte Nacht schlecht geschlafen«, murmelte sie. »War wohl etwas zu viel Sonne gestern.«
»Du Arme«, sagte Kim mitfühlend. Sie richtete ihren Rucksack, der umgefallen war, mit einem Fuß wieder auf. »Mit einem Sonnenstich ist nicht zu spaßen. Willst du nicht lieber wieder nach Hause gehen und dich hinlegen? Franzi und ich können das hier auch zu zweit durchziehen.«

Marie schüttelte heftig den Kopf. »Das kommt gar nicht infrage. Wir haben einen neuen Fall, wir müssen ermitteln, und dabei ist jedes Augenpaar wichtig. Ich bin natürlich dabei.« Sie straffte ihre Schultern. »Mir geht es auch schon viel besser.«

Das stimmte tatsächlich. Marie spürte, wie ihre Energie, seit sie mit ihren Freundinnen sprach, Stück für Stück wieder zurückkehrte. Sie brannte darauf, sich jetzt sofort in die Detektivarbeit zu stürzen.

»Also gut«, sagte Kim und hob den Rucksack auf. »Dann wollen wir mal. Ich habe mir eine Strategie ausgedacht …«

Die drei !!! schlenderten zu dem Trakt mit den Schließfächern. Über die Hälfte davon war bereits belegt.

Sie sahen sich unauffällig um.

Der kleine Junge von vorhin mühte sich auf den Zehenspitzen stehend damit ab, einen Spind abzuschließen. Die Mutter stand geduldig daneben und gab Tipps. Außerdem war ein junges Pärchen gerade dabei, seine Sachen zu verstauen.

Kim zog ihr Handy aus der Shorts und tat so, als zeige sie Marie und Franzi ein paar Fotos. Während sie die Köpfe eng zusammensteckten, erklärte Kim leise ihren Plan: »An der letzten Umkleidekabine ist eine Verblendung aus Holz angebracht, die die Lücke zum angrenzenden ersten Spind verschließt. Dahinter befindet sich ein Hohlraum, in dem wir uns verstecken können.«

Franzi legte den Kopf schief. »Und wie willst du die Schließfächer beobachten? Dieses Holzteil ist über zwei Meter hoch. Sollen wir abwechselnd die Räuberleiter machen und drüberschauen? Das ist doch viel zu auffällig.«

»Abgesehen davon – wie kommen wir überhaupt *hinter* die Verblendung?«, fragte Marie flüsternd.

Kim grinste und schlug mit der flachen Hand auf den Rucksack. »Ich habe ein Hilfsmittel mitgebracht. Außerdem kommt man ganz leicht von der Umkleidekabine hinter die Holzwand: Die Seitenwand der Kabine reicht nicht bis zum Boden, sodass man einfach unten durchrobben kann. Das habe ich heute Morgen überprüft.«

Franzi sah Kim anerkennend an. »Klingt gut!«

Sie mussten noch ein paar Minuten warten, dann waren sie allein.

»Los«, zischte Kim.

Die drei Detektivinnen schlüpften in die Umkleidekabine und lehnten die Tür an. Blitzschnell ließ Kim sich zu Boden fallen, schob ihren Rucksack unter der Seitenwand durch und schlängelte sich hinterher. Dann folgte Franzi und schließlich Marie. Kim und Franzi halfen ihr, sich in der engen Nische aufzurichten.

Sie verharrten einen Augenblick schweigend. Nichts tat sich. Offensichtlich hatte niemand etwas von ihrer Aktion mitbekommen.

Kim öffnete den Rucksack und zog zwei Plastikrohre heraus. Beide waren an einem Ende gebogen. »Ich habe mit Michi zusammen vor den Ferien ein Periskop für geheime Beobachtungen gebaut.« Sie schraubte die beiden Teile an ihren geraden Enden aneinander.

Marie machte große Augen. »Ihr *bastelt* zusammen?«

»Ja, klar. Michi hat einfach super Ideen«, schwärmte Kim. »Wir dachten, wir fangen mit einem einfachen Spionageinstrument, wie einem Periskop, an und arbeiten uns an schwierigere Dinge heran. Mir schwebt demnächst eine Maschine zur Verschlüsselung von Nachrichten vor, wie diese berühmte ENIGMA …«

»Psst«, warnte Franzi, »nicht so laut!«

»Sorry!« Kim verstummte und machte ein schuldbewusstes Gesicht. Sie lehnte das Rohr vorsichtig an die Verschalung und schob es Zentimeter für Zentimeter hoch. Als das Ende knapp über die Oberkante der Holzwand herausragte, fixierte sie das Rohr mit breiten Klebestreifen.

»Fertig.« Kim beugte sich über die untere Öffnung und sah hinein. »Perfekt. Man kann alles genau erkennen. Bei Bedarf kann man das Rohr etwas drehen, um die verdächtige Person weiter im Blick zu haben.«

Franzi stellte sich neben Kim. »Darf ich mal?«

»Klar. Willst du anfangen? Wir müssen uns sowieso abwechseln. Auf Dauer bekommt man nämlich einen Tunnelblick.«

»Hmm«, machte Franzi, die schon Position bezogen hatte und neugierig durch das Periskop sah.

Kim und Marie richteten es sich, so gut es ging, gemütlich auf dem Boden ein. Kim zog eine Tüte Gummibärchen aus ihrem Rucksack.

Franzi presste den Zeigefinger auf den Mund und hob warnend die Augenbrauen. »Der Bademeister kommt«, wisperte sie. »Er läuft an den Umkleiden vorbei. Jetzt kommt er zu den Schließfächern.«

Die drei !!! hielten den Atem an.

Nach fünf Sekunden gab Franzi Entwarnung: »Er geht wieder. Er hat das Periskop nicht gesehen.«

Kim nickte zufrieden. »So hatte ich mir das vorgestellt. Jetzt heißt es abwarten und Geduld haben.«
Als Marie sich ein Gummibärchen nahm, fiel ihr das Experiment vom Vortag wieder ein. »Was ist eigentlich aus dem Versuchsbären geworden?«, fragte sie flüsternd.
Franzi antwortete, während sie weiter durch das Periskop sah: »Es hat wirklich funktioniert! Heute Morgen war ein Riesenbärchen im Becher. Bestimmt viermal so groß wie vorher. Meine Mutter dachte zuerst, ich hätte einen toten Frosch angeschleppt.«
Marie musste grinsen.
»Ich glaube, da kommt Holger mit seinen Parkouring-Jungs«, sagte Franzi. »Sie stopfen alle ihre Sachen in einen Spind, was für ein Chaos.«
Augenblicklich gefror Maries Lächeln zu Eis.
»Wann triffst du ihn denn nun endlich?«, wollte Kim wissen.
Marie ballte die Hände zu Fäusten. »Kein gutes Thema.«
Kim sah erschrocken drein. »Oje, was ist passiert?«
Marie schossen die Tränen in die Augen. Sie klappte die Sonnenbrille runter. »Ich will jetzt nicht darüber sprechen«, murmelte sie.
Auch Franzi sah sie jetzt erschrocken an.
»Du musst den Tatort beobachten«, mahnte Marie.
Franzi blinzelte verstört. »Ja, aber …«
»Es ist schon okay!«, beharrte Marie.
Franzi wandte sich wieder dem Periskop zu. Es war ihr jedoch anzumerken, dass sie sehr unkonzentriert war.
Kim legte den Arm um Marie. »Wann immer dir danach ist, über Holger zu sprechen, sagst du Bescheid, ja?«

Marie nickte. »Danke. Aber ich will momentan einfach nicht daran erinnert werden. Ich will jetzt einfach nur in diesem Fall vorankommen.« Sie tupfte sich mit einem Papiertaschentuch die Nase ab. »Sind die Jungs weg?«
Franzi nickte.
»Soll ich dich ablösen«, fragte Marie zwei Sekunden später.
Franzi rückte zur Seite. »Ja, gerne.« Sie rieb sich die Augen. »Das ist ganz schön anstrengend.«
»Und dabei haben wir zu den zwei Spiegeln noch Umlenkprismen und Linsen eingebaut, die das Bild vergrößern«, sagte Kim, »sonst wäre es noch viel anstrengender.«
»Ihr habt wirklich ganze Arbeit geleistet«, murmelte Marie, »das Bild ist gestochen scharf.«
Leider nutzte das deutliche Bild nichts. Die Verdächtigen, die Franzi damals beobachtet hatte, tauchten nicht auf.
Nach über drei Stunden Aufenthalt in ihrem engen Versteck beschlossen die drei !!! die Beobachtung abzubrechen.
Kim baute das Periskop ab und sie verließen leise ihren Posten.

Die drei Detektivinnen trotteten langsam den schmalen Weg entlang, der zum Bistro führte. »Vielleicht war alles nur ein Missverständnis«, sagte Marie enttäuscht. »Und die zwei Männer, die du gesehen hast, Franzi, haben für sich und für einen Freund etwas in die Schließfächer zurückgelegt. Vielleicht ihre Handys oder Geldbörsen?«
»Ich weiß es nicht.« Franzi kickte einen Kieselstein zur Seite. »Die beiden haben sich dennoch sehr auffällig *unauffällig* verhalten.«

»Und vergiss nicht: Du hast beobachtet, wie sie alle Spinde mit ein und demselben Schlüssel aufgeschlossen haben. Das ist doch mehr als merkwürdig«, fügte Kim hinzu.

»Vielleicht habe ich mich trotzdem getäuscht«, gab Franzi zu bedenken. Sie sah ihre Freundinnen unglücklich an. »Ich wittere mittlerweile hinter jedem außergewöhnlichen Verhalten sofort eine kriminelle Tat. Das kann auch mal völlig falsch sein.«

»Sag so etwas nicht«, widersprach Kim. »Du weißt selbst, in wie vielen Fällen unser Verdacht zugetroffen hat! Aber jetzt trinken wir erst mal was im Bistro. Ich verdurste nämlich gleich.«

Kim stieß die Glastür auf – und zögerte.

Marie lief beinahe in Kims Rücken hinein, sie konnte gerade noch anhalten. »Was ist los?«, rief sie. »Warum bleibst du so plötzlich stehen?«

Bevor Kim antworten konnte, hatte Marie den Grund erkannt. Sie sog scharf die Luft ein.

An einem der hinteren Tische saß Holger. Und er war nicht alleine. Ein rotblondes Mädchen saß dicht neben ihm. Es war Fleur van der Teuben. Holger sprach auf sie ein. Sie nickte, ihre Augen glitzerten und ihre Wangen waren gerötet. Die beiden schienen sehr vertraut zu sein.

Marie drehte sich auf der Stelle um und zog Kim mit sich. Franzi sah die beiden erstaunt an. »Habt ihr es euch anders überlegt?«

»Allerdings!«, rief Marie ungehalten und schlug mit großen Schritten den Weg zum Ausgang ein. Holger trieb es ja wirklich auf die Spitze! Warum nahm er keine Rücksicht auf ihre

Gefühle? Erst machte er Marie Eifersuchtsszenen und stellte ein Ultimatum – und dann präsentierte er sich hier mit seiner neuen Freundin. Er wusste doch, dass Marie beinahe täglich im Waldschwimmbad war. Hatte er es darauf angelegt, dass sie ihn so sah?!

Marie war nun plötzlich nicht mehr traurig, sondern einfach wütend. Stinkwütend.

»Tut mir leid«, zischte sie. »Aber hier ist gerade jemand, auf den ich echt verzichten kann. Kommt ihr mit ins *Lomo*? Ich lade euch auf einen *Kakao Spezial* ein.«

Kim und Franzi nickten schweigend.

Als sie eine halbe Stunde später das Café erreicht hatten und ihre Räder davor abschlossen, war Maries Wut schon wieder etwas abgeklungen. Dafür klopfte ganz leise erneut die Traurigkeit an. Marie seufzte. Dieses Wechselbad der Gefühle kostete so viel Kraft! Sie fühlte sich schon ganz zittrig. Jetzt brauchte sie dringend einen *Kakao Spezial*.

»*Neuer Biergarten im Innenhof eröffnet*«, las Franzi von der bunt beschrifteten Tafel neben dem Eingang vor. »Hier tut sich ja richtig was!«

»Oh nein«, murmelte Kim, als sie den Hof betraten.

Franzi sah ihre Freundin erstaunt an. »Was ist? Sieht doch alles toll aus.«

Tatsächlich war der kleine Biergarten wunderschön gestaltet: Helle Holzplanken bedeckten den Boden und es gab kleine Podeste, auf denen nagelneue Gartentische und Stühle aus Chrom und Teakholz gruppiert waren. Dazwischen waren große Kübel mit Palmen und blühenden Büschen aufgestellt und es gab sogar eine Außen-Bar mit Grill. Über den gesamten Hof war ein weißes Segel gespannt, sodass man auch bei Regen draußen sitzen konnte.

Kim nickte. »Es sieht sehr schön aus. Ich habe eben nur Sabrina entdeckt.«

Marie wusste sofort, wen sie meinte. Die junge Frau bediente erst seit Kurzem in *Café Lomo*. Kim hatte bei ihrer ersten Begegnung eine coladurchtränkte Hose davongetragen, weil Sabrina das Tablett mit den Getränken weggerutscht war.

Auch Franzi schien sich zu erinnern. »Sie ist immer noch ein bisschen ungeschickt«, flüsterte sie. »Seht mal, was sie jetzt macht!«

Sabrina balancierte einen Stapel schmutziger Teller unsicher in der rechten Hand, während sie mit der linken versuchte, den großen Mülleimer zu öffnen. Offensichtlich wollte sie die Servietten und Essensreste auf dem obersten Teller entsorgen. Bei ihren Bemühungen geriet der Stapel jedoch in gefährliche Schräglage, und genau in dem Moment, als der Eimerdeckel hochklappte, krachte das Geschirr mit einem Riesengeschepper in die Tonne.

Die Gäste rissen erschreckt die Köpfe herum.

Sabrina beugte sich vor und starrte in den Eimer, als könnte sie die Teller mit einem hypnotischen Blick wieder hervorzaubern. In diesem Moment klappte der Deckel ein Stück herunter. Es gab ein dumpfes Geräusch, als er Sabrina am Hinterkopf traf.

»Verflucht!«, rief sie. Sie richtete sich abrupt auf und der Tonnendeckel fiel endgültig zu. Dabei klemmte er ihre Hände ein, mit denen sie sich am Rand festgehalten hatte.

»Autsch, verdammt!«, jammerte Sabrina und rieb sich abwechselnd den Hinterkopf und die Finger.

Marie blieb der Mund offen stehen. »Das kann doch nicht wahr sein, machen die im *Lomo* jetzt Comedy?«

Eine blonde Frau in Jeans und einem bunt gemusterten, weiten Seidenoberteil eilte herbei. »Brina, was machst du denn für Sachen? Hast du dir wehgetan?«

Sabrina verneinte, sie schien sich nicht ernsthaft verletzt zu haben. Sie sah nur etwas verdattert aus.

Die Gäste widmeten sich wieder ihren Gesprächen.
»Komm, ich bring dich zum Waschraum, da kannst du dich frisch machen.« Fürsorglich geleitete die Frau Sabrina ins Café hinein.
Die drei !!! nahmen kopfschüttelnd an einem freien Tisch im vorderen Bereich Platz.
»Sie hat den Fußhebel nicht gesehen, der zum Öffnen der Mülltonne da ist.« Franzi blinzelte verwundert. »Leute gibt es.«
Nach fünf Minuten kam die blonde Frau zu ihnen an den Tisch. Sie schenkte den drei !!! ein strahlendes Lächeln. »Hallo, herzlich willkommen in unserem schönen neuen Innenhof! Wisst ihr schon, was ihr möchtet?«
Sie bestellten drei *Kakao Spezial* und eine Platte gemischte Cake-Pops.
»Den *Kakao Spezial* biete ich in dieser Saison übrigens auch als gekühlte Variation an: *Lomo Iced Choc Kick* oder kurz *LICK*. Das ist kalte Schokolade mit Vanilleeis und weißen Schoko-Raspeln. Bei diesen sommerlichen Temperaturen sehr zu empfehlen!«
»Dann probiere ich ihn gerne mal aus«, sagte Marie sofort.
Kim und Franzi schlossen sich an.
»Kommt sofort!«, sagte die Frau.
Marie sah ihr bewundernd nach. Sie hatte tolle, strahlende Augen und mit ihrer schicken Pixie-Frisur und den stylischen Klamotten wirkte sie wie eine coole Jungunternehmerin aus einer Werbeagentur.
Als die Frau die Bestellung brachte, kamen die drei !!! mit ihr ins Gespräch. Marie hatte mit ihrer Einschätzung richtig-

gelegen: Nicky war tatsächlich Jungunternehmerin – sie war nämlich die Besitzerin des Cafés.

»Ich war nur in den letzten drei Jahren nicht hier und mein Bruder Gregor hat mich als Geschäftsführer vertreten«, erzählte Nicky. »Ich hatte mir eine Auszeit genommen und bin mit Rucksack und Zelt durch Indien, Nepal und China gereist. Das war eine ungeheuer inspirierende Zeit! Ich habe so viel gelernt. Vor allem über mich.« Sie zupfte den breiten Ledergürtel über der Bluse zurecht. »Man muss Altes loslassen, um einen Neuanfang wagen zu können«, schwärmte sie weiter. »Erst dann kann man wieder richtig durchstarten!«

Marie hörte beeindruckt zu. »Die Idee mit dem neuen Innenhof ist dir schon mal gelungen«, sagte sie. »Und der *LICK* ist einsame Spitze!«

»Danke, das freut mich. Das alles ist übrigens erst der Anfang. Ich habe noch viel vor mit dem Café! Aber ich muss mich jetzt entschuldigen. Die anderen Gäste warten. Bis später!«

Als Nicky außer Reichweite war, rutschte Franzi unruhig auf ihrem Stuhl hin und her. Sie nahm sich einen Mini-Gugelhupf und legte ihn auf ihrem Teller ab. »Wir müssen noch besprechen, ob wir in unserem Fall weitermachen. Und wenn, dann wie? Ich muss in einer Stunde zu Hause sein. Ich passe heute Nachmittag auf Oma auf, während meine Mutter einkaufen geht.«

»Was hast du gesagt?«, fragte Marie mit abwesendem Blick. Sie hatte gerade vor sich hin geträumt. Diese Nicky hatte es genau richtig gemacht: einfach auf und davon gehen, um dann mit neuer Energie wiederzukommen.

Loslassen, um Neues zu beginnen.
Nichts wünschte Marie sich gerade sehnlicher.

Detektivtagebuch von Kim Jülich
Dienstag, 20:30 Uhr
Ich fasse es nicht!!! Jetzt ist Marie endgültig durchgedreht. Sie hat heute Nachmittag tatsächlich vorgeschlagen, dass wir ›loslassen‹ und einfach auf einen neuen Fall warten sollen!
Den Floh hat ihr doch garantiert die Geschäftsführerin vom Café Lomo *ins Ohr gesetzt. Diese Esoterik-Tante in Walla-Bluse hat von ihrem Asientrip erzählt und Marie hat mit großen Augen gelauscht. In der letzten Zeit ist sie kaum wiederzuerkennen. Sie erzählt nichts Genaues, aber Franzi und mir ist natürlich klar, dass sie Probleme mit Holger hat. Ich würde mich so für sie freuen, wenn sich endlich alles klärt und die beiden wieder zusammenkommen. (Dazu aber mehr im geheimen Tagebuch.)*
Wir haben heute stundenlang den vermeintlichen Tatort im Waldschwimmbad beobachtet, aber die Täter sind – zumindest heute – nicht zurückgekehrt. Leider scheinen wir ihre Spur also fürs Erste verloren zu haben. Wir werden natürlich weiter die Augen aufhalten. Morgen haben wir wieder Training im Schwimmbad. Davor werden wir noch einmal das Periskop einsetzen.
Franzi ist außerdem der Bademeister wieder eingefallen, der uns gar nicht ernst genommen hat. Könnte es sein, dass er mit den Männern von den Schließfächern unter einer Decke steckt?! Hat er sie womöglich gewarnt?
Wir müssen diesen Mann unbedingt unter die Lupe nehmen.

Geheimes Tagebuch von Kim Jülich
Dienstag, 21:00 Uhr

Fremdleser sind hier unerwünscht, wie oft soll ich das noch sagen!!! Dieses Tagebuch ist für mich – Kim Jülich – allein bestimmt. Ich sage nur:* Klick, klick, klick *– Details kannst du im Tagebucheintrag vom Samstag nachlesen …
Bitte lächeln – und bis bald ☺!!!

Michi hat mir heute aus einem Internet-Café in Südfrankreich eine ganz lange E-Mail geschickt. Er vermisst mich und würde am liebsten sofort nach Hause kommen, um mich in seine Arme zu schließen. Ach, Michi. Noch 12 lange Tage und Nächte müssen wir aushalten. Ich würde jetzt gerne einfach losfahren und dich in Südfrankreich treffen. Aber da dein Vater dabei ist, wäre das vielleicht doch nicht so romantisch ☹.

Alles in allem scheint mein Problem im Vergleich zu denen von Marie und Franzi klein zu sein.

Marie ist völlig durch den Wind wegen Holger. Heute Nachmittag hat sie nicht nur gesagt, dass wir unsere Ermittlungen in dem Fall einstellen sollen, sondern auch noch, dass sie keine Lust mehr hat, bei den Proben für den ›Nixensommer‹ dabei zu sein! Sie würde den Anblick von Fleur nicht ertragen, nachdem sie jetzt weiß, dass Holger mit ihr zusammen ist. Ich finde allerdings, dass die beiden im Schwimmbadbistro irgendwie nicht aussahen wie ein Paar. Diese Fleur hatte eindeutig Tränen in den Augen – was Marie nicht gesehen haben will. Trotzdem verhält sich Holger einigermaßen merkwürdig. Er war es schließlich, der von Marie endlich eine Entscheidung haben wollte. Kaum ist Marie dazu bereit, eiert er so komisch herum. Wenn ich nur wüsste, wie ich Marie helfen könnte! Zumindest

haben Franzi und ich sie dazu überreden können, in jedem Fall weiter beim Training mitzumachen. Es ist gerade jetzt wichtig, dass sie Ablenkung hat und nicht den ganzen Tag zu Hause sitzt und grübelt.
Bei Franzi sieht es auch nicht gerade rosig aus. Sie trifft Felipe am Donnerstagabend zum ersten und letzten Mal in dieser Woche. An allen anderen Tagen muss er im Restaurant seiner Mutter arbeiten und bei der Zaubershow seines Onkels die Technik machen. Er weiß immer noch nicht genau, wie lange er nach Mexiko geht, aber er wird sein Praktikum definitiv gleich zu Beginn des neuen Schuljahres antreten. Als wäre das nicht schon schlimm genug, muss Franzi jetzt immer öfter bei der Betreuung von Oma Lotti einspringen. Die alte Dame hat sich nach ihrem Schlaganfall zwar so gut erholt, dass sie ein paar Schritte am Gehwagen tun kann, aber sie braucht trotzdem sehr viel Hilfe. Seit sie im Haus von Franzis Familie wohnt, dreht sich alles um sie. Franzis Mutter kümmert sich rund um die Uhr um Oma Lotti. Und Franzi und ihre Geschwister unterstützen sie, so gut es geht. Alle helfen Oma Lotti natürlich gerne. Trotzdem habe ich das Gefühl, dass Winklers manchmal etwas überfordert sind. Dass sie die Sache gemeinsam durchziehen, finde ich allerdings toll. Franzis Mutter hat gesagt, dass Oma Lotti für immer bei ihnen wohnen kann. Das gibt es ja nicht so oft.
Ich werde meinem Schatz jetzt eine MMS schicken – mit tausend Nixenküssen. Franzi hat mich am Montag im Kostüm fotografiert, als ich am Pool saß. Ich muss sagen, so ein Meerjungfrauenschwanz macht eine absolut vorteilhafte Figur ☺.

Blut im Pool

Marion war wirklich eine sehr gute Trainerin. Sie schaffte es mit ihrer guten Laune spielend, alle für die Unterwassershow zu begeistern. Sogar Marie war so gefesselt, dass sie Fleur einfach ignorieren konnte.

Marion hatte sich eine Choreografie ausgedacht, in der die Geschichte einer Meerjungfrau erzählt wurde, die eine Kiste mit einem kostbaren Schatz in einem Schiffswrack findet.

»Zusammen mit ihren acht Freundinnen birgt sie die Kiste«, erzählte Marion. »Dabei werden sie von drei Haien beobachtet.« Sie zog die Augenbrauen hoch. »Ihr könnt euch denken, was jetzt passiert!«

»Es gibt ein Unterwassergemetzel und zum Schluss treiben Nixenschwanzstücke im blutgetränkten Pool?«, mutmaßte Lars.

Blake grinste und klatschte sich mit ihm ab. »Das wird ein hartes Stück Arbeit, bei neun Meerjungfrauen.«

Franzi sah verunsichert drein. »Echt jetzt?«

Marion seufzte. »Ich hatte mir das etwas abstrakter vorgestellt. Eher ohne Blut.«

»Ach, wie das denn?« Lars sah sie fragend an.

»Die Haie kreisen die Nixen ein. Aber dann schlagen die Meerjungfrauen zurück, sie hängen sich jeweils zu dritt an einen Hai und bezaubern ihn durch ihre Schönheit und ihre Anmut. Zum Schluss teilen sich alle den Schatz und sind glücklich.«

Die Jungen machten enttäuschte Gesichter.

»Bei der Abschlussveranstaltung sind kleine Kinder anwesend. Ihr wollt denen doch nicht den Schock ihres Lebens verpassen?« Marion sah die Jungen aufmunternd an. »Ich verspreche euch, dass ihr genügend Raum für actiongeladene Verfolgungsszenen habt. Das wird richtig spannend, auch ganz ohne Blut, garantiert!«

Marion hatte nicht zu viel versprochen. Es wurde wirklich sehr spannend. Sie hatte nämlich ein echtes Segelboot mit komplett aufgezogenen Segeln im Schwimmbecken versenken lassen. Es war zwar nur eine kleine Jolle, aber wenn der Kameramann unter Wasser nahe dranging, würde sie bei der Übertragung auf der Kinoleinwand riesig wirken.

Alle waren begeistert. Sie probten die verschiedenen Formationen und brachten eigene Ideen mit ein.

Nach zwei Stunden Training kletterte die Gruppe erschöpft, aber bestens gelaunt aus dem Schwimmbecken.

Während sie zu den Umkleiden liefen, flüsterte Marie Kim zu: »Ich hätte nicht gedacht, dass ich das schaffe! Aber ich habe nicht klein beigegeben und dieser doofen Fleur nicht das Feld überlassen.«

»Richtig«, antwortete Kim und klopfte ihr auf die Schulter. »Ich bin stolz auf dich!«

Als sie sich umgezogen hatten und bei ihren Rädern standen, fragte Franzi: »Wollen wir uns gleich morgen noch mal zur Beobachtung der Schließfächer treffen?«

Marie dachte an den Vormittag, den sie wieder in ihrem engen Versteck bei den Spinden verbracht hatten, ohne dass die Verdächtigen erschienen waren. »Ich fürchte, das ist sinnlos.«

»Was machen wir dann?«, wollte Franzi enttäuscht wissen. Plötzlich riss sie die Augen auf und ließ beinahe ihren Fahrradschlüssel fallen. »Das gibt's doch nicht!«
Kim und Marie sahen ihre Freundin fragend an.
»Da ist einer von den Schließfach-Typen«, zischte Franzi. »Hinten auf dem Parkplatz. Er steht mit Marion zusammen, er ...«, Franzi kniff die Augen ungläubig zusammen, »... er küsst sie!«
»Bist du dir sicher?«, fragte Marie aufgeregt.
»Was denkst du, was das sonst ist? Mund-zu-Mund-Beatmung?«
Marie verdrehte die Augen. »Ich meinte, ob du dir sicher bist, dass das einer von den Typen ist. Er sieht ja nicht gerade ... markant aus.«
Franzi nickte. »Aber er hat dieses auffallende Tattoo am linken Bein. Ich bin mir hundert Prozent sicher, dass er es ist.«
Kim ließ das Schloss an ihrem Rad wieder einschnappen. »Dann ist das eine einmalige Chance. Wir verfolgen sie.«
»Wartet, mein Schloss klemmt«, zischte Marie. Sie hantierte verzweifelt an ihrem Rad.
Kim und Franzi waren bereits zu einer Litfaßsäule gelaufen, hinter der sie in Deckung gingen. Sie winkten Marie ungeduldig zu.
Plötzlich quietschte es fürchterlich und Steine prasselten. Marie fuhr erschrocken herum. Ein Mountainbike war knapp einen Meter hinter ihr zum Stehen gekommen.
Holger saß darauf. »Gut, dass ich dich noch treffe!«, rief er. Sein Gesicht war gerötet und Schweißtropfen liefen ihm an den Schläfen herunter. Er wischte sie mit dem T-Shirt ab.

»Dein Vater hat mir gesagt, dass du hier im Schwimmbad bist.«

Marie starrte Holger an, als sei er eine Geistererscheinung. Was zum Teufel wollte er auf einmal hier?

»Ich brauche …«, keuchte er, musste aber innehalten, um Luft zu holen.

Marie nutzte die kurze Pause. »Ich habe jetzt wirklich keine Zeit.« Sie sah nervös zu Kim und Franzi, die hektisch rüberwinkten. Maries Herz raste. Sie war hin- und hergerissen. Einerseits wollte sie auf der Stelle mit Holger sprechen und wissen, was er ihr Wichtiges zu sagen hatte. Andererseits meldete sich ihr Stolz. Nur weil er es plötzlich so eilig hatte, sollte sie sofort alles stehen und liegen lassen?!

Nein, das kam nicht infrage. Die Ermittlungsarbeit hatte Vorrang.

»Ich kann jetzt nicht«, sagte Marie. Ihre Stimme zitterte leicht. »Ich rufe dich heute Abend an.« Mit einem beherzten Ruck schaffte sie es, das Fahrradschloss zu schließen. Ohne Holger noch einmal anzusehen, lief sie zu Franzi und Kim.

Einen Moment lang befürchtete Marie, Holger würde ihr hinterherrufen oder gar folgen. Aber nichts davon geschah.

»Was war los?«, wollte Franzi wissen, als Marie bei ihr angelangt war. »Was wollte Holger?«

»Ich weiß es nicht.« Marie rieb sich die Augen. »Das ist jetzt auch nicht wichtig. Alles, was im Moment zählt, ist unser Fall.«

Kim sah Marie bewundernd an. »Das nenne ich Stärke.«

Marie verzog den Mund. »Ich weiß nicht … er wirkte so … verzweifelt … vielleicht hätte ich doch …«

»Nein«, flüsterte Franzi. »Du hast genau richtig gehandelt. Wir haben nämlich eine heiße Spur!«
Kim nickte. »Wir haben die beiden bei einem absolut verdächtigen Gespräch belauscht. Der Typ heißt Daniel. Und er hat Marion erzählt, dass ›es geklappt hat‹. Sein Komplize heißt übrigens Thomas, der hat ›Sachen vercheckt‹.«
»Das klingt danach, dass sie tatsächliche Dinge aus den Schließfächern genommen und die Diebesbeute anschließend verkauft haben«, fuhr Franzi fort. »Dieser Daniel war so begeistert, dass er Marion ins Restaurant *Isoletta* eingeladen hat, um ganz groß mit ihr zu feiern.«
»Aber du hast doch gesehen, wie sie Sachen in die Spinde *hinein*gelegt haben?«, fragte Marie verwirrt.
»Ja, schon. Das ist etwas merkwürdig. Aber wie auch immer, etwas ist faul an diesem Daniel«, sagte Franzi. »Und offensichtlich steckt Marion mit ihm unter einer Decke. Das finde ich am schlimmsten.«
Kim nickte. »Sie wirkt so nett. Niemals hätte ich gedacht, dass so jemand kriminelle Dinger dreht!«
»Sie steigen ins Auto ein, verdammt«, murmelte Franzi. »Schnell, wir müssen die Räder holen und sie verfolgen.«
Marie schüttelte den Kopf. »Vergiss es. Mit dem Auto können wir niemals mithalten. Aber das brauchen wir auch gar nicht.«
Kim sah nervös den Rücklichtern des Autos nach. »Wir wissen nur, dass sie zum Restaurant *Isoletta* fahren – ich weiß nicht, wo das ist!«
»Aber ich«, antwortete Marie. »Es gibt nur eine *Isoletta* – und das ist das italienische Restaurant neben dem Jakobipark.

Ein absoluter Geheimtipp für alle, die Fisch lieben. Ich war schon öfter mit meinem Vater dort. Seine Filmcrew feiert dort meistens die Premieren. Wenn wir uns beeilen, sind wir mit den Rädern sogar vor Marion und ihrem kriminellen Typen dort. Sie müssen mit dem Auto die Umgehungsstraße nehmen.« Maries Augen funkelten vor Tatendrang. »Wir sollten vorher noch das Richtmikrofon holen. Das Restaurant ist ziemlich weitläufig.«

Franzi erklärte sich bereit, das Abhörgerät zu holen, das sie im alten Pferdeschuppen neben dem Wohnhaus ihrer Familie aufbewahrten. Der Schuppen sah von außen unscheinbar und ein bisschen heruntergekommen aus – aber im Inneren befand sich das gemütlich eingerichtete Detektivbüro der drei !!!. Es war mit einem Tisch und Stühlen und einem abschließbaren Rollcontainer ausgestattet, der alle Dinge enthielt, die sie für ihre Detektivarbeit benötigten. In einer Ecke stand sogar eine alte Kutsche mit Verdeck, in der sie geheime Besprechungen abhalten konnten.

Kim sah auf die große Uhr über dem Schwimmbadeingang und machte plötzlich ein erschrockenes Gesicht. »Mist, das habe ich total vergessen: Ich muss um halb zehn zu Hause sein, sonst flippt meine Mutter aus.«

Marie fackelte nicht lange. »Die Sorgen hatten wir doch schon öfter. Das sollte kein Problem sein.« Sie lächelte. »Hiermit seid ihr herzlich zum Essen und zur Übernachtung bei mir eingeladen. Wir haben Ferien, da werden eure Eltern bestimmt nichts gegen so eine spontane Aktion haben.«

»Aber was sagen Tessa und dein Vater dazu?«, fragte Kim.

»Die würden sich bestimmt freuen.« Marie zwinkerte.

»*Würden?*« Kim sah Marie fragend an.
»Sie würden sich freuen, wenn sie es wüssten. Sie sind aber nicht da. Tessa ist mit Lina zu Besuch bei ihrer Mutter und übernachtet dort, und Papa kommt irgendwann total spät von seinem Nachtdreh.«
Franzi grinste nun auch. »Dann ist ja alles klar. Ich frage meine Mutter gleich, nachdem ich das Richtmikro geholt habe.«
Kim rief ihre Mutter an. Überraschenderweise war sie sofort mit der spontanen Übernachtung einverstanden. Kim wirkte fast ein bisschen beleidigt. »Meine Mutter hat noch während des Gesprächs meinem Vater zugerufen: ›Schatz, mach dich fertig, wir gehen aus – Kim kommt heute nicht nach Haus!‹ Das finde ich schon hart.«
Franzi klopfte ihr auf die Schulter. »Lass deinen Eltern doch auch mal ihren Spaß. Wann haben die beiden denn mal das Glück, dass weder die Zwillinge noch du da seid?«
Kim zuckte lächelnd die Schultern. »Eigentlich hast du recht.«
Marie erklärte Franzi noch, wie sie auf schnellstem Wege zu dem Restaurant finden würde, dann trennten sich die drei !!!.

Zwanzig Minuten später hatten Kim und Marie das Restaurant erreicht. Es war von einem weitläufigen, gepflegten Rasengelände umgeben. Eine große Terrasse, die von dichten Palmen und Agaven eingegrenzt war, schloss sich seitlich am Hauptgebäude an.
Die meisten Gäste saßen an diesem sommerlichen Abend draußen. An einer langen Tafel in der Mitte feierte eine gro-

ße Gruppe laut und fröhlich. Kellner eilten geschäftig hin und her und brachten riesige Platten mit Muscheln und Krustentieren an die Tische.

Gleich neben der großen Tafel entdeckten die beiden Detektivinnen Marion und Daniel in einer Nische an einem Zweiertisch. Sie stießen mit Champagnergläsern an.

Kim und Marie schlichen außen um die Terrasse herum und postierten sich hinter dem dicken Stamm einer großen Palme, die etwa zwei Meter von Daniels Stuhl entfernt stand.

»Vielleicht können wir sie hier belauschen«, wisperte Marie.

Kim nickte. Sie spitzten die Ohren. Aber die Gruppe an der großen Tafel machte so viel Lärm, dass nichts von dem Gespräch zu verstehen war, das das Paar führte.

Kims Handy vibrierte. Es war Franzi.

Sie erklärten ihr ihren Standort und nach wenigen Minuten hatte sich Franzi zu ihnen geschlichen. »Alles klar!«, flüsterte sie ihren Freundinnen zu. Das Richtmikrofon hatte sie startklar in der Hand, jetzt stöpselte sie die Ohrhörer ein.

Die drei !!! kauerten sich eng am Boden zusammen und Franzi hob den Schalltrichter des Abhörgeräts hoch.

Marie sah gespannt zu.

Auf Franzis Stirn erschien eine steile Falte. Sie drehte konzentriert am Regler und hielt das Mikrofon in verschiedenen Winkeln hoch.

»Ich kann nichts hören«, sagte sie schließlich leise.

Kim bog ein Agavenblatt vorsichtig zur Seite und sah durch die entstandene Lücke. »Sie reden gerade auch nicht«, stellte sie fest. »Sie knutschen mal wieder.«

Marie seufzte. »So dauert das ja Stunden.«

»Jetzt reden sie wieder«, flüsterte Franzi. Sie rückte mit der freien Hand den Kopfhörer zurecht und lauschte.
Im selben Moment wurde an der großen Tafel in der Mitte der Terrasse ›*We are the Champions*‹ angestimmt. Die erstaunlich kräftigen und gut geschulten Stimmen fluteten durch die sommerliche Abendluft.
Franzi schüttelte den Kopf. »Mit diesen Nebengeräuschen ist ein Lauschangriff völlig unmöglich.«
Marie warf einen wütenden Blick auf die Tischrunde. »Wenn diese Sängerknaben nicht gleich die Klappe halten, dann … dann …« Während sie überlegte, was sie dann machen würde, entdeckte sie ein bekanntes Gesicht am Kopf der Tafel: Adrian, ihr ehemaliger Nachbar. Er trug die Haare etwas kürzer und seine Schultern wirkten breiter. Trotzdem hatte sie ihn sofort wiedererkannt. Er musste mittlerweile die Schauspielausbildung abgeschlossen haben, die er begonnen hatte, als sie sich kennengelernt hatten. Marie konnte sich noch genau daran erinnern, dass sie einmal ziemlich verliebt in Adrian gewesen war. Aber dieses Gefühl war nun Lichtjahre entfernt. Sie freute sich einfach, das vertraute Gesicht wiederzusehen. Und plötzlich kam ihr eine Idee …
»Adrian sitzt an der großen Tafel«, flüsterte Marie ihren Freundinnen zu.
»Dein Schauspielerschwarm? Wo?«, fragte Franzi. Sie reckte den Hals. »Ach dort, jetzt erkenne ich ihn!«
Marie nickte. »Wollen wir ihn begrüßen?«
Franzi und Kim ahnten sofort, welchen Plan Marie hatte.
Sie verstauten das Richtmikrofon in Kims Rucksack und klopften sich Gras und Blätter aus der Kleidung.

Dann betraten sie die Terrasse und steuerten auf die große Tafel zu. Die Gruppe hatte ihr Lied zu Ende gesungen, jetzt stießen alle mit ihren Gläsern an.
Marie beobachtete Marion und Daniel aus dem Augenwinkel. Zufrieden stellte sie fest, dass das Paar nichts um sich herum wahrnahm.
Dafür reagierte Adrian prompt. Er erkannte die drei !!! schon von Weitem und fing an, wild zu winken. »Marie, Kim, Franzi – so eine Überraschung!«
»Klappt doch«, murmelte Marie zufrieden. Sie setzte ein erstauntes Gesicht auf und flötete: »Adrian! Welche Freude!«
Adrian begrüßte die drei Mädchen herzlich.
Jetzt erkannten sie auch, dass Lola neben ihm saß, seine Mitbewohnerin und ebenfalls Schauspielschülerin. Sie freute sich sehr, die drei Mädchen wiederzusehen.
Adrian organisierte drei Stühle und bestand darauf, dass sie sich zu ihnen setzten.
Das daraufhin einsetzende Stühlerücken machte Marion nun doch auf die drei !!! aufmerksam. Als sie die drei Mädchen jedoch im lebhaften Gespräch mit Adrian sah, wirkte sie überhaupt nicht irritiert und winkte ihnen kurz zu, um sich anschließend gleich wieder ihrem Freund zu widmen.

Maries Plan ging voll auf: Binnen kurzer Zeit waren die drei !!! mit der Gruppe im Gespräch. Dabei achteten sie unauffällig darauf, dass immer eine von ihnen belauschen konnte, was Marion und Daniel am Tisch neben ihnen besprachen.
Adrian ließ eine Runde Fruchtcocktails kommen. »Lasst uns anstoßen. Es gibt nämlich etwas zu feiern!«

Marie beugte sich neugierig vor. »Was denn?«
Kim, die zwischen beiden saß, rückte ihren Stuhl etwas weiter zurück. Sie lauschte unauffällig, aber konzentriert dem Gespräch am Nachbartisch.
Adrian strahlte Marie aus glücklichen Augen an. »Ich habe heute Morgen den Vertrag für die Hauptrolle in einem Kinofilm unterschrieben!«
Das war allerdings eine Überraschung! Marie war schwer beeindruckt. »Herzlichen Glückwunsch!«, rief sie und fiel Adrian um den Hals. Auch Kim und Franzi gratulierten.
»Adrian hat noch nicht einmal die Schauspielprüfung bestanden, da wird er schon als neuer Jungstar gefeiert«, sagte Lola bewundernd.
Adrian winkte ab. »Wir werden sehen, was daraus wird. Ich habe ziemlich viel Respekt vor dem Projekt. Es ist eine Sommer-Liebeskomödie.« Er seufzte. »Und gerade die lustigen Rollen sind die schwersten.«
Ein junger Mann mit langen schwarzen Haaren und Designer-Brille hob sein Glas und prostete Adrian zu. »Wenn einer das schafft, dann du!«
»Das glaube ich allerdings auch«, sagte Marie und erhob ebenfalls ihr Glas.
In diesem Moment winkte Marions Freund dem Kellner. Er hatte seinen Geldbeutel vor sich auf dem Tisch liegen.
Marie warf Kim und Franzi einen alarmierten Blick zu. Das Paar wollte offenbar aufbrechen. Sollten sie ihm folgen?
Kim schüttelte unmerklich den Kopf. »Ich glaube, wir haben genügend Information zusammen«, raunte sie. »Das reicht fürs Erste.«

Feuer!

Eine Stunde später saßen die drei !!! auf dem flauschigen Teppich in Maries Zimmer. Sie hatten sich einen kleinen Abendsnack aus dem gut gefüllten Kühlschrank der Familie Grevenbroich zusammengestellt.
Marie legte ein paar dünn geschnittene Gurkenscheiben auf ihr Thunfisch-Sandwich. »Seit Tessa bei ihren Heißhungerattacken auf Eiscreme umgestellt hat, lässt sie endlich die Finger von meinen Gurken«, stellte sie zufrieden fest.
»Ich wusste gar nicht, dass du die auch isst«, sagte Franzi. »Ich dachte, du machst damit immer nur Gesichtsmasken.«
Marie streckte ihr die Zunge raus.
»Es war echt nett von Lola, dass sie uns nach Hause gefahren hat«, sagte Kim. Sie griff zum Löffel, der in der Schüssel mit Eiscreme steckte, und häufte eine große Portion auf ihren Teller.
Franzi nickte. »Finde ich auch. Obwohl ich das Gefühl nicht loswerde, dass sie es gemacht hat, um herauszufinden, warum wir in dem Restaurant waren.«
»Stimmt. Sie hat mich einmal so komisch angeguckt. Ich glaube, sie war die Einzige, die bemerkt hat, dass ich das Gespräch am Nachbartisch belausche.« Kim steckte sich einen gehäuften Löffel voll Eis in den Mund. »Hm, Mango«, nuschelte sie genüsslich.
Marie zuckte zusammen. »Mist! Wir haben Tessas Schüssel erwischt.«
Kim schluckte. »Ist das schlimm?«

»Kommt ganz auf dich an«, sagte Marie vage und beobachtete ihre Freundin interessiert.

Kim sah sie verwundert an.

Zwei Sekunden später riss sie die Augen auf. Sie starrte auf ihren Teller, dann zu Marie und schnappte schließlich wie ein Fisch an Land nach Luft. Tränen traten ihr in die Augen.

»Was zum Teufel …?«, röchelte Kim. Der Rest des Satzes ging in einem Hustenanfall unter.

Franzi sprang erschrocken auf und klopfte ihr auf den Rücken. »Was ist los?«

»Es brennt wie FEUER!«, brachte Kim hervor und fing erneut an zu husten.

Marie biss sich auf die Lippe. »Das ist Tessas Mango-Chili-Eis. Oder, wie mein Vater sagt: Chili-Eis mit Spuren von Mango.«

Kim tastete tränenblind nach ihrer Serviette. Sie schnäuzte sich. Mit hochrotem Kopf krächzte sie: »WASSER!«

Franzi lachte erleichtert auf. »So ging es mir die ersten Male auch, als ich von Felipes *Chili con Carne* gegessen habe.« Sie reichte Kim ein Glas Wasser. »Man gewöhnt sich aber daran.«

Kim trank ihr Glas in einem Zug aus und schenkte sich sofort nach. »Niemals.« Sie nahm einen weiteren Schluck. »Ich dachte übrigens, Schwangere sollen nicht so scharf essen.«

»Das sag mal Tessa«, antwortete Marie kopfschüttelnd. »Tut mir leid, Kim, dass es dich erwischt hat.« Als sie die knallroten Wangen ihrer Freundin sah, konnte sie sich allerdings ein Grinsen nicht verkneifen. »Aber es fördert die Durchblutung.«

Jetzt musste auch Kim lächeln. Sie räusperte sich. »Meine Stimmbänder sind Gott sei Dank nicht verätzt.«

»Dann kannst du uns ja jetzt endlich erzählen, was du vorhin im Restaurant gehört hast«, sagte Franzi. Sie zerkrümelte eine Scheibe Weißbrot auf ihrem Teller. »Immer wenn ich hingehört habe, haben die beiden nämlich nur irgendwelches Liebesgesäusel ausgetauscht. Mir wird echt übel, wenn ich daran denke. Wie kann Marion nur mit so einem Kerl zusammen sein!«

Kim schob ihr Eisschälchen ein Stück von sich. »Marion scheint in der Sache leider voll drinzuhängen.«

»Wie meinst du das?«, fragte Marie.

»Kurz bevor ihr Typ gezahlt hat und sie gegangen sind, hat sie zu ihm gesagt: ›Ihr müsst das Zeug aus dem Pavillon rausbringen. Sie brauchen ihn für die Beachparty nächstes Wochenende.‹«

»Aber das bedeutete doch nur, dass der Typ irgendetwas aufräumen soll. Das muss doch nicht unbedingt kriminell sein«, gab Marie zu bedenken.

»Daniel hat sich aber für die Info bedankt – und gesagt, dass sie in den nächsten Tagen ein neues *Versteck* suchen!«

»Das klingt allerdings schon anders«, murmelte Marie. »Dann müssen wir schnellstens herausfinden, welchen ›Pavillon‹ Marion gemeint hat.«

»Er muss sich auf dem Gelände des Waldschwimmbads befinden, wenn er für die Beachparty gebraucht wird«, murmelte Franzi. Sie überlegte. »Mir fällt dort aber kein Gebäude ein, das ein Pavillon sein könnte.«

Kim und Marie schüttelten ebenfalls die Köpfe.

»Dann gehen wir eben morgen ins Schwimmbad und machen uns auf die Suche. So schwer kann es ja nicht sein, das Ding dort zu finden«, sagte Franzi schließlich. Sie gähnte. »Und jetzt muss ich, glaube ich, dringend ins Bett. Ich bin hundemüde.«

Marie und Kim nickten.

Innerhalb weniger Minuten hatten sie die Sofalandschaft in eine große Liegefläche verwandelt, auf der sie alle drei locker schlafen konnten. Kim und Franzi suchten sich je einen Schlafanzug aus Maries gut sortierter Kollektion aus.

»Im Bad sind Zahnbürsten, Handtücher und alles andere«, sagte Marie, wurde aber durch ein Signal von ihrem Handy abgelenkt. Sie schnappte es sich vom Schreibtisch und sah auf das Display. Augenblicklich wurde sie rot. »Eine SMS von Holger! Verdammt, ich habe vergessen, ihn anzurufen.«

Für einen kurzen Moment hatte Marie ein schlechtes Gewissen. Dann aber zuckte sie mit den Schultern. »Geschieht ihm ganz recht«, murmelte sie. Sie rief die Nachricht auf.

Franzi und Kim zogen sich dezent ins Bad zurück.

Maries Aufschrei ließ sie jedoch schnell wieder ins Zimmer stürzen.

»Was ist passiert«, wollte Kim wissen.

Marie war kalkweiß im Gesicht. »Hört euch das an!« Sie las vor:

Hallo Marie,
bitte melde dich, sobald du kannst. Es ist etwas Fürchterliches passiert. Ich brauche dringend eure Hilfe!
LG, Holger

»Das klingt ernst«, stellte Franzi fest.
Marie tippte auf ihrem Handy. »Ich rufe ihn sofort an.«
Holger war bereits nach dem ersten Klingeln dran. »Marie! Tausend Dank, dass du dich meldest!« Er bemühte sich, ruhig zu sprechen, aber das Zittern in seiner Stimme verriet, wie aufgeregt er war.
»Was ist los?«, fragte sie.
»Ich weiß nicht, wie ich beginnen soll …«
Marie war verunsichert. Plötzlich kam ihr der Gedanke, dass Holger sie womöglich nur brauchte, weil Fleur Schluss gemacht hatte und er mit jemandem reden wollte. Nein, das würde sie nicht ertragen können!
Holger holte tief Luft.
Marie hielt den Atem an.
Und dann brach es aus Holger hervor: »Meine Mutter wird beschuldigt, wertvolle Goldmünzen von der Familie van der Teuben gestohlen zu haben! Wir brauchen dringend eure Hilfe als Detektivinnen.«
»Was?!«, rief Marie. »Wer sagt das? Was soll das? Deine Mutter ist niemals eine Diebin!«
Franzi und Kim horchten auf.
Holger erzählte weiter, er sprach hastig, panisch, voller Sorge.
Marie musste ihn mehrfach unterbrechen und nachfragen und ihn immer wieder beruhigen.
»Holger, deine Mutter ist keine Diebin, und das werden wir selbstverständlich beweisen! Bitte hör auf, dir solche Sorgen zu machen«, sagte Marie schließlich mit fester Stimme. »Sollen wir gleich bei euch vorbeikommen?«

Holger schluckte. »Nein, meine Mutter ist mit den Nerven am Ende und sie ist gerade endlich eingeschlafen. Ich möchte sie nicht wecken. Aber könnt ihr morgen früh vorbeikommen?«

»Natürlich, wir sind um neun Uhr da«, versprach Marie.

Holger schwieg eine Weile, dann sagte er: »Das werde ich dir nie vergessen. Danke, Marie!«

Kaum hatte Marie das Gespräch beendet, prasselten die Fragen ihrer Freundinnen auf sie nieder.

Marie winkte ab. »Leute, ich weiß nur, dass dieser Herr van der Teuben heute Nachmittag Holgers Mutter zu sich bestellt und ihr vorgeworfen hat, dass sie eine Palette mit Münzen aus seinem Wohnzimmerschrank gestohlen hätte.«

»Das ist doch kompletter Irrsinn!« Franzi bekam vor Wut rote Wangen. »Frau Kurz würde niemals etwas stehlen. Dafür lege ich meine Hand ins Feuer.«

»Genau«, sagte Marie. »Und deshalb gehen wir morgen früh zu Holger und seiner Mutter und werden ermitteln. Herr van der Teuben hat ihr übrigens gesagt, dass er von einer Anzeige absehen würde und ihr noch mal eine Chance gibt, wenn sie bis zum Wochenende die Münzen einfach wieder zurücklegt.«

Franzi schnaubte verächtlich. »Toll, das ist aber gütig von dem Herrn. Aber wie soll Frau Kurz etwas zurücklegen, das sie gar nicht hat?!«

Die drei !!! kannten Holgers Mutter schon sehr lange. Sie hatte jahrelang einen kleinen Gemischtwarenladen in Billershausen geführt, sich um Holger und seine Geschwister gekümmert und war trotz der vielen Arbeit immer fröhlich gewesen. Als ihre Ehe in die Brüche gegangen war, war sie zwar sehr traurig gewesen, aber sie hatte sich keinen Moment hängen lassen. Sie hatte hart in ihrem Laden gearbeitet, um sich und die Kinder ernähren zu können. Und als abzusehen war, dass das Geschäft nicht genügend für die vierköpfige Familie abwarf, hatte sie sich um einen neuen Job bemüht und war in kurzer Zeit erfolgreich gewesen. Frau Kurz war eine Kämpferin – niemals eine Diebin!

Und das würden die drei !!! beweisen.

»Wir stellen den Fall der dubiosen Schließfachtäter also hintenan und ermitteln ab morgen für Holger und seine Familie«, fasste Marie den Stand der Dinge zusammen.

Kim und Franzi stimmten sofort zu.

Sie kuschelten sich zu dritt in die Kissen und Decken auf der Liegewiese.

Als Marie die Augen schloss, dachte sie daran, wie wütend sie noch vor Kurzem auf Holger gewesen war.

Das war nun vollkommen unwichtig.

So schnell konnten sich die Dinge ändern.

Alles, was jetzt zählte, war, dass Holger und seine Familie die Hilfe der drei !!! brauchten.

Aderklemmen und Wundhaken

Marie legte eine kurze Nachricht für ihren Vater auf den gedeckten Frühstückstisch. Helmut Grevenbroich war erst in den frühen Morgenstunden von seinem Dreh heimgekehrt und schlief noch. Leise verließen die drei !!! die Villa und machten sich auf den Weg zum Dienstbotenhäuschen von Holgers Familie.

Da sie ihre Räder noch beim Restaurant stehen hatten, mussten sie zu Fuß laufen. Das war Marie aber ganz recht. So konnte sie sich langsam und Schritt für Schritt darauf einstellen, dass sie gleich Holger gegenüberstehen würde.

Sie versuchte, die aufkeimende Nervosität durch langsames Ein- und Ausatmen in den Griff zu bekommen. Die kühle Sommermorgenluft tat gut. Trotzdem klopfte Maries Herz zwischendurch wie verrückt. Sie musste jetzt professionell handeln. Ihre Beziehung zu Holger musste außen vor bleiben. Sie kam als Detektivin, die sich auf Ermittlungen konzentrierte. Nicht mehr, aber auch nicht weniger.

»Bist du aufgeregt?«, fragte Franzi. Sie knabberte an einem Apfel und pustete sich ein Stück Schale von der Lippe.

Marie nickte stumm.

»Vielleicht kannst du mit Holger unter vier Augen reden, wenn wir mit der Befragung seiner Mutter fertig sind«, schlug Kim vor. »Ihr solltet euch dringend aussprechen.«

»Ich glaube nicht, dass es da noch viel zu reden gibt«, antwortete Marie. »Sein Verhalten ist doch eindeutig.«

Kim zog die Stirn in Falten. »Das würde ich so nicht sagen.«

Sie bogen in die nächste Allee ein. Hohe Pappeln säumten den Straßenrand und schirmten den breiten, gekiesten Fußweg von der Fahrbahn ab.

Franzi hielt den Apfelstrunk unsicher zwischen den Fingern. »Hier sieht es so nobel aus, dass ich mich noch nicht einmal traue, den Butzen einfach wegzuwerfen.«

Marie verzog den Mund. »Vergrab ihn doch.« So, wie ich meine Liebe zu Holger vergraben werde, fügte sie im Stillen hinzu.

»Au ja, dann wächst hier nächstes Jahr ein Apfelbäumchen zwischen den ganzen langweiligen Pappeln!«, rief Franzi und buddelte sofort ein Loch beim nächsten Baum. Mit zufriedenem Gesichtsausdruck versenkte sie die Apfelreste darin.

»Vergiss es, da kommen gleich die Würmer und fressen alles auf. Da bleibt nichts übrig.«

Franzi trat die Erde fest und wischte sich die Hände an ihrer Jeans ab. »Danke, Marie, für diese Extraportion Optimismus.«

»Wir sind gleich da«, antwortete Marie nur. »Hier beginnt schon das Parkgelände des Anwesens der van der Teubens. Die Einfahrt ist dort vorne. Aber wir gehen noch ein Stück weiter und nehmen den Hintereingang.«

Kim betrachtete skeptisch den schmiedeeisernen, verschnörkelten Zaun, der das Grundstück vom Gehweg trennte. Goldene, spitz zulaufende Schmuckelemente saßen als Abschluss oben auf den Gitterstäben. Sie wirkten gleichermaßen edel wie gefährlich.

»Da klettert keiner so schnell rüber«, stellte Kim fest. Sie versuchte durch die Hecke zu sehen, die von der anderen Seite dicht an den Zaun reichte. »Und sehen kann man auch nichts.«

Marie nickte. »Das ist ja auch der Zweck der Sache.«

»Ich hätte keine Lust, in so einer Burganlage zu wohnen«, sagte Franzi. »Man fühlt sich doch total eingesperrt.«

Marie verzog das Gesicht. »Du sagst es. Aber warte ab, wenn du die Villa der van der Teubens gesehen hast, weißt du, warum der Zaun so hoch ist.«

»Verdienen die denn so viel, dass sie sich das alles leisten können?«, fragte Kim.

»Herr van der Teuben stammt aus einer alten Fabrikanten-Dynastie. Die Familie stellt schon seit Generationen medizinische Geräte her. Vom Skalpell über andere Präzisionsinstrumente bis zu OP-Tischen und Narkosemaschinen. Das Material wird weltweit exportiert.«

Kim erschauerte. »Ich will gar nicht wissen, was ›Präzisionsinstrumente im medizinischen Bereich‹ sind.«

»Das sind Zangen, Meißel, Feilen, Raspeln, Aderklemmen, Wundhaken …«, fing Franzi an aufzuzählen.

»Ich weiß, dass du als Tochter eines Tierarztes häufiger bei Operationen dabei bist«, unterbrach Kim sie. »Aber *ich* brauche dieses Fachwissen nicht, ich will das jetzt nicht hören, kapiert?!«

Franzi machte große Augen. »Aber das ist doch sehr interessant.« Sie zuckte mit den Schultern, als Kim einfach nur abwinkte.

Marie lief voraus, an der breiten Einfahrt vorbei und bog rechts ab. Nach einigen Metern blieb sie vor einem schmalen Tor stehen. »Hier ist es.«

Sie drückte auf den Knopf der glänzend polierten Klingelanlage.
Franzi und Kim sahen sich unbehaglich um.
Es dauerte eine Weile, dann erklang die Stimme von Holgers Mutter durch die Gegensprechanlage: »Marie, seid ihr es?«
»Ja!«, rief Marie.
»Wie gut, dass ihr da seid. Kommt herein, du kennst dich ja aus.«
Das Tor schwang auf und die drei !!! traten ein.
Marie führte ihre Freundinnen über einen gepflasterten Weg zwischen dichten Büschen hindurch. Als die Sicht auf das Dienstbotenhäuschen und die dahinterliegende Villa frei wurde, blieben Franzi und Kim wie angewurzelt stehen.
Kim legte den Kopf in den Nacken. »Das ist keine Villa – das ist ein Schloss! Das Dienstbotenhaus sieht dagegen aus wie eine Modelleisenbahnhütte.«
Franzi versuchte die Türmchen und Erker der riesigen Villa zu zählen, die sich vor ihnen erhob. Bei zwanzig gab sie auf. »Leute, das ist doch etwas übertrieben! Der Kasten ist mindestens doppelt so groß wie Maries Villa.«
Marie zuckte mit den Schultern. »Ich denke, drei- bis viermal. Aber jetzt kommt, Frau Kurz wartet.«
Sie steuerten auf das kleine Fachwerkhaus mit den dunklen Balken und der frisch gestrichenen hellblauen Fassade zu. Vor den Fenstern hingen Kästen mit bunten Blumen. Alles sah sehr einladend und gemütlich aus. Nur die dicke Moosschicht auf den Dachziegeln verriet, dass das Gebäude schon sehr, sehr alt war.
Holgers Mutter stand im Eingang des Dienstbotenhäus-

chens. Sie hatte gerötete Augen und ihr Gesicht war sehr blass. Aber sie lächelte tapfer und gab jedem der drei Mädchen einen kräftigen Händedruck zur Begrüßung. Es war ihr deutlich anzumerken, dass sie sehr froh war, dass die drei Detektivinnen da waren.

Frau Kurz führte sie durch einen engen Flur, der mit Zeitungspapier ausgelegt war. An der Wand stapelten sich Eimer mit angetrockneten Farbresten.

»Bitte entschuldigt das Chaos hier«, sagte Frau Kurz. »Aber Holger musste letzte Woche die ganze Decke noch mal streichen und dann hat er die Böden in den Zimmern im oberen Stockwerk eingelassen, sodass keine Zeit zum Aufräumen war.«

Marie atmete auf. Wenigstens was das Renovieren betraf, hatte Holger sie offensichtlich nicht angelogen.

Der Flur führte in eine überraschend weitläufige Wohnstube mit offener Küche. Die Wände waren in einem warmen, hellen Ockerton gestrichen, der gut zu den dunklen Bodendielen und Holzbalken passte. Frau Kurz hatte den Esstisch für fünf Personen gedeckt.

»Holger bringt die Zwillinge gerade zur Ferienbetreuung und fährt danach beim Bäcker vorbei«, erzählte sie. »Er wird gleich wieder zurück sein. Ich dachte, dass wir alle ein gutes Frühstück mit Kakao und Buttercroissants vertragen können.«

»Das ist sehr nett«, sagte Marie.

Sie nahmen Platz und Frau Kurz schenkte die heiße Schokolade ein.

Kim zog ein kleines Notizbuch aus ihrem Rucksack. Das

Detektivtagebuch für unterwegs hatte sie, wann immer es möglich war, bei sich. Sie schlug es auf und zückte ihren Kuli. »Frau Kurz, wollen Sie uns gleich erzählen, was passiert ist?«

Frau Kurz räusperte sich und tupfte sich mit einem Taschentuch Tränen aus den Augenwinkeln. »Ich hoffe wirklich, dass ihr mir helfen könnt. Wenn ich meine Unschuld nicht beweisen kann, wird das schlimmste Konsequenzen haben. Ich bin …« Sie konnte einen Moment nicht weitersprechen, weil ihr die Verzweiflung die Kehle zuschnürte.

Marie legte ihre Hand auf die von Frau Kurz. »Wir werden Ihnen helfen. Alles wird sich klären!«

Vom Flur her war ein Schlüsselklimpern zu hören.

Maries Herz begann wild zu klopfen.

Holger betrat das Wohnzimmer. Seine Haare waren vom Duschen noch feucht und kringelten sich im Nacken. Er trug ein einfaches weißes T-Shirt und verwaschene Jeans und sah insgesamt so umwerfend aus, dass Marie befürchtete, gleich über dem Tisch zusammenzuklappen.

Holger lächelte Marie unsicher an, dann begrüßte er Kim und Franzi. Schließlich beugte er sich zu Marie und gab ihr ein Küsschen auf die Wange. Er sagte nur ein Wort: »Danke!«

Marie fühlte sich einer Ohnmacht nahe. Sie bekam keinen Ton heraus.

Holger stand ebenfalls stumm da. Nur die Tüte mit den Croissants in seinen Händen raschelte, als ein Gebäckstück nach dem anderen herauspurzelte und auf dem Tisch liegen blieb.

Kim rettete die Situation mit einem munteren Lächeln. »Dann stärken wir uns doch erst mal und machen anschließend weiter.« Sie sammelte die Croissants ein und legte sie in die große Tonschüssel in der Mitte des Tischs.

Holger nickte dankbar und setzte sich auf den freien Platz neben Marie.

Nachdem die Croissants verteilt waren, begann Frau Kurz zu erzählen: »Dass Herr van der Teuben mich beschuldigt, dass ich eine Diebin bin, wisst ihr ja schon. Ich bin gestern aus allen Wolken gefallen, als er mich zu sich gebeten und diesen Verdacht geäußert hat. Das ist völlig absurd!« Frau Kurz schüttelte eine Weile lang nur schweigend den Kopf. Dann sprach sie aufgeregt weiter: »Ich soll Goldmünzen aus dem Wohnzimmerschrank in der Villa genommen haben. *Ich!* Ich verstehe nicht, wie er mir so etwas zutrauen kann! Ich bin unendlich dankbar, dass mich die Familie van der Teuben eingestellt hat. Sie zahlen mir ein sehr gutes Gehalt, die Arbeit als Haushälterin ist vielfältig und macht mir Spaß und wir können zu einer sehr niedrigen Miete in diesem schönen Häuschen wohnen. Es ist alles perfekt. Warum sollte ich diese Familie bestehlen und alles gefährden?!«

»Das ist richtig«, sagte Kim. Sie notierte etwas in ihrem Notizheft. »Hat Herr van der Teuben gesagt, wieso er ausgerechnet Sie verdächtigt?«

Frau Kurz zog die Stirn in Falten. »Ich bin, außer der Familie, also Herrn und Frau van der Teuben und der Tochter, die Einzige, die einen Schlüssel zum Anwesen besitzt und jederzeit Zugang hat. Die Familie war am letzten Wochenende bei den Seefestspielen und hat dort übernachtet. In der

Nacht von Samstag auf Sonntag war also niemand da – nur ich. Herr van der Teuben sagt, ich hätte diese Zeit genutzt, um die Münzen an mich zu bringen.« Frau Kurz seufzte. »Er hat seine Sammlung noch am Samstagvormittag sortiert und angesehen. Da war alles komplett. Gestern Morgen wollte er eine Münze für einen Geschäftspartner als Geschenk aussuchen und hat dabei festgestellt, dass eine ganze Palette fehlt.«
Kim sah von ihrem Notizbuch auf. »Und waren Sie am Wochenende tatsächlich in der Villa?«
Holgers Mutter nickte. »Ja, ich habe am frühen Samstagabend die Katzen gefüttert, bin aber gleich wieder hierher zurückgegangen. Dann habe ich ein wenig ferngesehen und bin früh ins Bett gegangen. Am Sonntag habe ich ausgeschlafen. Holger war ja mit den Zwillingen bei meiner Schwester auf Besuch in Billershausen und kam erst am Sonntagabend wieder. Ich wollte einfach die Ruhe im Haus nutzen, um mich einmal richtig zu erholen.«
Holger schaltete sich ein. »Wenn ich mit Paul und Maike über das Wochenende nicht weg gewesen wäre«, sagte er mit Grabesstimme, »könnte ich jetzt die Unschuld meiner Mutter beweisen. Dann hätte sie jemanden, der bezeugen kann, dass sie früh zu Bett gegangen ist und lange geschlafen hat und nicht in der Villa war.« Er ließ den Kopf hängen.
Marie berührte kurz Holgers Arm, zuckte aber sofort zurück, als hätte sie einen 1000-Volt-Stoß bekommen. »Das konntest du doch nicht wissen!«
»Außerdem kommt für die Tatzeit ja nicht nur das Wochenende infrage«, sagte Kim nachdenklich. »Auch wenn Herr van der Teuben das annimmt. Er hat den Verlust der Mün-

zen erst gestern bemerkt, also am Donnerstag. Das heißt, es gibt weitere drei Tage, an denen sie jemand unbemerkt an sich genommen haben kann!«

»Im Zeitraum zwischen dem Wochenende und gestern hat aber kein Fremder die Villa betreten, es gab keinen Besuch, keine Einladung, keine Handwerker.« Frau Kurz pickte einen Krümel von der Tischdecke und ließ ihn auf ihren Teller fallen. »Ich kann fast verstehen, dass Herr van der Teuben mich verdächtigt. Ich arbeite noch nicht lange für ihn, er kennt mich ja noch gar nicht richtig.«

Franzi schüttelte heftig den Kopf. »Das dürfen Sie nicht sagen! Ich finde es unmöglich, dass er sofort Sie des Diebstahls verdächtigt. Es kann schließlich genauso gut seine Frau gewesen sein oder seine Tochter …«

»Oder er selbst hat die Münzen einfach nur verlegt«, warf Kim ein.

»Genau!« Franzi nickte.

Frau Kurz biss sich auf die Lippe. »Nein, ich glaube nicht, dass so etwas passiert ist. Frau van der Teuben hat es wirklich nicht nötig, ihren Mann zu bestehlen. Sie stammt aus einer reichen Familie und verwaltet ein großes Erbe, und ihre Tochter ist, nun, wie soll ich sagen …«

»… verdammt zickig und vollkommen eingebildet?«, half Marie aus.

Holger warf ihr einen erstaunten Seitenblick zu.

Auch Frau Kurz sah Marie irritiert an und fuhr dann fort: »Also, sie ist eben etwas verwöhnt. Aber sie braucht ihren Vater bestimmt nicht zu bestehlen, er liest ihr jeden Wunsch von den Augen ab.«

»Es gibt die verrücktesten Dinge«, gab Kim zu bedenken. »Wir müssen schnellstmöglich mit der Familie van der Teuben reden und uns den angeblichen Tatort ansehen.«

Sie schlug das Detektivheft zu. »Wann, meinen Sie, treffen wir die Familie am besten zu Hause an?«

»In den Ferien geht Herr van der Teuben meist etwas später ins Büro, weil er den Morgen zusammen mit seiner Frau und seiner Tochter in aller Ruhe verbringen will. Das Frühstück macht sich die Familie immer selbst, ich räume nur ab.« Frau Kurz sah auf ihre Armbanduhr. »Es ist kurz nach zehn, ihr könntet es jetzt versuchen.«

Franzi sprang auf. »Dann nichts wie los.«

»Aber Sie müssen mitkommen, Frau Kurz«, sagte Marie. »Ich möchte, dass klar ist, dass wir in diesem Fall *für* und nicht gegen Sie ermitteln.«

Frau Kurz nahm Maries Hand und drückte sie fest. »Danke!«

»Ich bin auch dabei!«, rief Holger. Er stand auf und sah die drei !!! erwartungsvoll an.
»Nein!« Marie räusperte sich. »Ich glaube, das ist keine gute Idee.« Sie überlegte fieberhaft, wie sie Holger davon überzeugen konnte, nicht mitzukommen. Eigentlich sprach nichts gegen seine Anwesenheit bei dem Gespräch mit der Familie van der Teuben – es ging schließlich um seine Mutter. Aber Marie wollte einfach nicht zusehen müssen, wie Holger und Fleur sich begrüßten und womöglich Händchen hielten. Diesen Anblick hätte sie einfach nicht ertragen!
»Marie hat recht«, sprang ihr Kim zur Seite. »Wir sollten nicht mit zu vielen Personen erscheinen. Das verunsichert manche Menschen und macht sie aggressiv. Dieses Risiko können wir nicht eingehen.«
»Genau.« Marie sah schräg an Holger vorbei und lief zum Flur.
Kim wartete schon.
Franzi zog eine Augenbraue hoch, sagte aber nichts.
Als sie an Holger vorbeiging, klopfte sie ihm auf die Schulter. »Wir berichten dir nachher.«
»Okay«, antwortete Holger. Die Enttäuschung war ihm deutlich anzusehen.
Gemeinsam mit Frau Kurz liefen die drei !!! zur Villa rüber.
Marie legte schnell noch etwas Lipgloss auf, dann straffte sie die Schultern und klingelte. Dabei betete sie, dass nicht Fleur öffnen würde.

Nach einigen Sekunden wurde die Tür aufgerissen.
Es war Fleur. Sie trug einen ausgeleierten Jogginganzug mit einem Schokoladenfleck am Ärmel, hatte Lockenwickler im Haar und hielt ein angebissenes Schokobrötchen in der Hand. »Was, was macht ihr denn hier?!«, stammelte sie. »Ich dachte, es ist die Post.«
Marie lächelte zuckersüß. »Guten Morgen, Fleur. Entschuldige bitte die Störung, aber wir müssen dringend mit deinen Eltern und auch mit dir sprechen. Es geht um den Vorwurf des Diebstahls, den dein Vater gegenüber Frau Kurz ausgesprochen hat und den wir nicht einfach so im Raum stehen lassen können.«
Fleur blinzelte Marie ungläubig an. *»Bitte?«*
»Sind deine Eltern da? Wir möchten gerne mit ihnen sprechen«, sagte Franzi ungeduldig.
»Papa möchte um diese Zeit nicht gestört werden.« Fleur krempelte umständlich den Ärmel mit dem Fleck um. Dabei hinterließ ihr Schokoladenbrötchen einen neuen braunen Klecks auf dem Stoff. Sie seufzte und rieb daran herum.
»Wir sind Detektivinnen und sind mit dem Fall betraut worden«, antwortete Kim knapp. »Können wir jetzt hereinkommen?«
Fleur fing an zu lachen. »Detektive, ja klar! Das könnt ihr eurer Oma erzählen.«
Frau Kurz machte ein unbehagliches Gesicht.
Marie sah Fleur sehr ernst an. »Könntest du jetzt bitte freundlicherweise deinem Vater Bescheid geben?«
»Wer ist denn da?«, erklang plötzlich eine tiefe Stimme hinter Fleur im Flur. Ein Mann hatte sich der Tür genähert.

Er war groß und hager und hatte schwarz-grau meliertes Haar. In seinem gebräunten Gesicht zeichneten sich feine Fältchen um die Augen ab. Er trug zu einem blütenweißen Hemd eine elegante graue Weste und eine dunkle Jeans. Als er Holgers Mutter und die drei Mädchen sah, machte er ein erstauntes Gesicht.

»Guten Morgen, Frau Kurz«, sagte er und runzelte die Stirn.

Frau Kurz begrüßte ihren Arbeitgeber und stellte die drei !!! vor.

Fleur biss in ihr Brötchen und verzog sich kopfschüttelnd.

Marie erklärte ihr Anliegen erneut.

Herr van der Teuben sah sie skeptisch an. »Da kann doch jeder daherkommen und behaupten, er sei Detektiv – und räumt dann mein Haus aus.« Er lächelte. »Auch wenn ihr nicht so ausseht.«

Marie funkelte ihn wütend an. »Und Frau Kurz sieht aus wie eine Diebin, ja?«

Herr van der Teuben zuckte kurz zusammen.

»Wenn es Sie beruhigt: Ich wohne zwei Straßen weiter in der alten Metzler-Villa. Mein Vater, Helmut Grevenbroich – Sie kennen ihn bestimmt aus dem Fernsehen –, hat sie vor ein paar Monaten gekauft.« Marie machte eine Kunstpause. Dann fuhr sie fort: »Wir fühlen uns hier im Ostviertel eigentlich sehr wohl – aber dass eine sehr gute Freundin meiner Familie von unserem Nachbarn des Diebstahls bezichtigt wird, lässt mir keine Ruhe!« Marie zog zwei ihrer Visitenkarten aus der Tasche. »Meine Freundinnen und ich sind schon lange Zeit in der Detektivbranche tätig. Wir haben zahlreiche Verbrechen im In- und Ausland klären

können, Kommissar Peters vom Polizeirevier kann gerne Auskunft über uns geben.« Sie überreichte zuerst Frau Kurz und dann Herrn van der Teuben eine Karte. »Wir sind von der Unschuld von Frau Kurz überzeugt und werden diese nachweisen. Dazu müssten Sie uns allerdings helfen: Sie müssten uns Zugang zu Ihrem Haus gewähren und bereit sein, einige Fragen zu beantworten.« Marie streckte die Hand aus. »Ich würde mich freuen, wenn Sie mit uns zusammenarbeiten, damit wir Licht in diese Angelegenheit bringen.«
Frau Kurz und Herr van der Teuben starrten auf die Visitenkarten.

»Das klingt gut«, stellte der Fabrikant schließlich fest, wobei es nicht ganz deutlich war, ob er damit Maries berühmten Vater oder den Detektivclub meinte. »Ich habe sowieso mit Frau Kurz besprochen, dass wir die Polizei erst nach dem Wochenende einschalten. Bis dahin könnt ihr meinetwegen, ähm, *ermitteln*.«
Er nahm Maries Hand und schüttelte sie.
Am liebsten hätte Marie vor Erleichterung laut aufgeschrien.

Aber sie beherrschte sich, um ihren professionellen Auftritt nicht in letzter Sekunde zunichtezumachen. Sie sagte einfach nur freundlich und leicht distanziert: »Besten Dank.«
Der Fabrikant deutete eine Verbeugung an und hielt die schwere Eingangstür auf. Die Sonne spiegelte sich in der makellosen Oberfläche des weißen Hochglanzlacks.
Marie trat über die Schwelle – und zögerte plötzlich.
Ganz makellos war die Türfläche doch nicht. Genau in der Mitte war ein matter Fleck zu sehen.
Marie ging näher ran. »Das ist ja interessant«, murmelte sie. »Seht mal, was wir hier vielleicht haben.«

Detektivtagebuch von Kim Jülich
Donnerstag, 20:00 Uhr
Wir haben einen neuen Fall! Aus der Villa der Fabrikantenfamilie van der Teuben, in der Holgers Mutter als Haushälterin beschäftigt ist, wurden vierzig alte Goldmünzen gestohlen. Es handelt sich um Österreichische Dukaten und Schweizer Franken (sogenannte ›Vreneli‹*) im Wert von 200 bis 600 Euro pro Münze. Das sind insgesamt ungefähr 20 000 Euro. Wir hatten es schon mit weitaus wertvollerer Diebesbeute zu tun. Dennoch ist das natürlich eine Menge Geld.*
Das absolut Brisante an unserem neuen Fall ist jedoch, dass Holgers Mutter als Täterin verdächtigt wird. Sie soll angeblich ein Wochenende, an dem die Fabrikantenfamilie nicht zu Hause war, genutzt haben, um einen Teil der Münzsammlung aus dem Wohnzimmerschrank zu entwenden. Das ist natürlich vollkommen absurd. Abgesehen davon, dass Frau Kurz ein absolut ehrlicher Mensch ist, verdient sie bei ihrem neuen Arbeit-

geber sehr gut, und ihr macht der Job viel Spaß – warum sollte sie das alles mit einem Diebstahl aufs Spiel setzen?!
Leider hat Holgers Mutter aber kein richtiges Alibi. Sie ist im Besitz der Villenschlüssel und kann theoretisch jederzeit dort ein und aus gehen. Erschwerend kommt hinzu, dass es keinerlei Hinweise auf einen Einbruch gibt: Das Schloss der Eingangstür ist vollkommen intakt, es gibt auch keine Anzeichen von Gewalteinwirkung an den Fenstern und Terrassentüren, ebenso wenig am Hintereingang. Wenn tatsächlich jemand die Münzen gestohlen hat, so muss er zuvor mit einem Schlüssel in die Villa gekommen sein.
Auf der Kassette, in der die Münzen aufbewahrt worden sind, waren überhaupt keine Fingerabdrücke. Herr van der Teuben zieht immer Handschuhe an, wenn er seine Sammlung ansieht. Und der oder die Täter müssen ebenfalls welche getragen haben.
Am Wohnzimmerschrank haben wir nur einige wenige Fingerabdrücke gefunden, die obendrein völlig undeutlich sind, weil Frau Kurz angehalten ist, jeden zweiten Tag Staub zu wischen. Wahrscheinlich stammen die Abdrücke alle von den Familienmitgliedern.
Dafür haben wir eine sehr interessante Spur an der Eingangstür sicherstellen können. Marie ist nämlich aufgefallen, dass die hochglanzlackierte Tür an einer Stelle einen matten Fleck hatte. Als wir die Stelle mit Grafitpulver bestäubt haben, sind tatsächlich die Umrisse und Linien eines menschlichen Ohrs sichtbar geworden! Was das bedeutet, ist ja wohl klar: Jemand hat an der Tür gelauscht! Aber warum? Könnte das der Münzdieb gewesen sein, der sichergehen wollte, dass niemand zu Hause ist, bevor er

sich Zutritt zur Villa verschafft hat (wie auch immer er das dann angestellt hat)?
Wir haben dann noch über eine Stunde lang mit Herrn und Frau van der Teuben und mit ihrer Tochter Fleur gesprochen. Marie hat ihnen klar gesagt, dass nach der aktuellen Sachlage natürlich Frau Kurz die Täterin gewesen sein könnte – aber genauso jeder Einzelne von ihnen. Da waren sie zunächst etwas geschockt, aber erstaunlicherweise hat vor allem Fleur dafür plädiert, dass wir die ganze Sache noch einmal aufrollen und genau untersuchen.
Ganz zum Schluss stellte sich dann noch heraus, dass es einen Gärtner gibt, der wöchentlich kommt und sich um den Park und die Pflanzen auf den Terrassen und Balkonen kümmert. Er hatte in den Pfingstferien den Schlüssel zur Villa, weil er die Katzen während des Urlaubs der van der Teubens gefüttert hat. Hat er womöglich einen Nachschlüssel angefertigt, mit dem er jetzt heimlich in die Villa eingedrungen ist?!
Ein großes Rätsel ist außerdem: Warum wurden nur die Goldmünzen entwendet und keine anderen Wertgegenstände? Die ganze Villa ist voll von Gemälden, Skulpturen, Vasen, silbernem Besteck und Antiquitäten. Schon ein einziges Stück davon wäre x-mal so viel wert wie die geklauten Münzen. Sind sie doch viel wertvoller, als man den Schätzlisten im Internet entnehmen kann? Verbirgt sich irgendein Geheimnis hinter den Münzen? Hat uns Herr van der Teuben nicht alles erzählt? Hat uns Frau Kurz nicht alles erzählt?
Fragen über Fragen!!!
Wir müssen cool bleiben und einen Schritt nach dem anderen tun. Als Nächstes werden wir den Gärtner etwas genauer unter

die Lupe nehmen. Er kommt am Montag zum Rasenmähen zu den van der Teubens und dann werden wir ihn abfangen und befragen.
Für Frau Kurz haben wir unseren Schließfach-Fall zwar hintenangestellt, aber wir werden ihn natürlich nicht komplett aufgeben. Da wir morgen sowieso zum Training ins Schwimmbad müssen, haben wir beschlossen, dass wir uns vorher treffen und auf die Suche nach einem ›Pavillon‹ machen, von dem Marion und Daniel gesprochen haben. Ich werde nachher im Netz ein bisschen über das Waldschwimmbad recherchieren, vielleicht finde ich schon mal einen Anhaltspunkt, wo dieses Gebäude sein könnte.

Geheimes Tagebuch von Kim Jülich
Donnerstag 21:20 Uhr
Klick, klick, klick!!!
Ihr gebt wohl nicht auf.
Aber ich krieg euch! Momentan bin ich noch mit anderen wichtigen Dingen beschäftigt. Sobald unser Fall gelöst ist, werde ich mich mit euch in Verbindung setzen.
Ich verspreche euch, dass das NICHT LUSTIG wird!!!
Ermittlungen hin oder her: Der nächste Schritt ist erst mal, dass wir beim Übernachtungscamp im Waldschwimmbad mitmachen. Vor lauter Detektivarbeit hätten wir beinahe verschwitzt, dass es morgen stattfindet. Da müssen wir natürlich unbedingt dabei sein. Das ganze Schwimmbadgelände wird von Freitagabend bis zum Samstagvormittag zum riesengroßen Zeltplatz. Ab 21:00 Uhr wird der Film 20 000 Meilen unter dem Meer *auf Großleinwand gezeigt. Bis dahin gibt es Spiele, eine große*

Schnitzeljagd, Beachvolleyball und eine Modenschau. Ich bin echt froh, dass Mama mir erlaubt hat, schon wieder woanders zu übernachten. Wahrscheinlich haben meine Eltern sogar Geschmack daran gefunden, dass ihre Kinder nicht da sind und sie tun und lassen können, was sie wollen. Ich kann nur hoffen, dass sie sich nicht daran gewöhnen. Womöglich haben sie mich bis Samstag total vergessen und ich bekomme kein Abendessen mehr. Das wäre grausam.
Michi hat mich jedenfalls nicht vergessen (und ich ihn auch nicht!!!) – er schreibt mir so süße SMS!!! Der Urlaub mit seinem Vater macht richtig Spaß, sagt er, aber er freut sich trotzdem schon aufs Heimkommen, damit er mich endlich wieder in seine Arme schließen kann. Michi, du bist sooo süß!
Mein Traummann, ich kann es kaum erwarten, dich endlich wieder bei mir zu haben.

Katastrophe

Das Waldschwimmbad war mehr als gut besucht. Zu den Schülern, die in den Ferien fast jeden Tag anwesend waren, hatten sich an diesem Freitagnachmittag zahlreiche Erwachsene gesellt, die offensichtlich früher mit der Arbeit Schluss gemacht hatten, um noch etwas Sonne zu tanken.
Kim sah sich vorsichtig um. In direkter Nähe spielten ein paar Jungs Karten und ein Pärchen lag schmusend im Gras. Keiner achtete auf die drei !!!.
»Ich habe ihn gefunden!«, sagte Kim stolz. Sie legte einen Computerausdruck vor Marie und Franzi auf die Decke. Ein Plan war zu erkennen, auf dem mit Leuchtstift eine Stelle markiert war. Sie tippte darauf. »Hier, das muss der Pavillon sein, von dem Marion gesprochen hat.«
»Wo hast du die Karte denn her?«, fragte Marie beeindruckt. »Die ist ja uralt.«
Kim nickte. »Ich habe gestern Nacht noch ein bisschen nach dem Pavillon im Waldschwimmbad gegoogelt und bin auf eine Seite der Stadtverwaltung gestoßen, auf der die Sanierung des Bads vor einigen Jahren dokumentiert ist. Dazu haben sie alte Pläne eingescannt, um die Entwicklung zu zeigen. Wusstet ihr, dass es das Waldschwimmbad schon seit über hundert Jahren gibt?« Kim grinste. »Es gibt auch uralte Fotos, auf denen die Schwimmer Pluderhosen und weite Oberteile als Schwimmanzug tragen. Die müssen doch reihenweise untergegangen sein in den Klamotten!«
Franzi schüttelte den Kopf. »Bei mir an der Schule schwim-

men ein paar Mädchen immer in *Burkinis*. Sie gehen mit diesen Ganzkörperbadeanzügen auch nicht unter.«
Marie wippte ungeduldig mit dem Fuß. »Ich denke, wir sollten uns jetzt endlich den Pavillon ansehen.« Sie zog sich ein T-Shirt über und schlüpfte in ihre Jeansshorts. Dann sah sie auf den Plan. »Wenn ich das richtig erkenne, befindet er sich hinter dem Beachvolleyballfeld, gleich beim Zaun, der das Gelände umgibt.« Sie kniete sich hin und begann in ihrer Tasche zu wühlen.
»Ja, es ist das ehemalige Kassenhäuschen. Der Eingang war bis vor fünf Jahren noch dort«, sagte Kim. Während sie sich ebenfalls Shirt und Hose anzog, sah sie interessiert zu, wie Marie zwei kleine, weiße, etwa walnussgroße Würfel aus ihrer Tasche beförderte. »Was ist das?«
»Das lag heute Morgen bei uns in der Küche herum und ich habe es mir ausgeliehen. Es ist das neue Hightech-Babyfon, das Tessa und Papa angeschafft haben.« Marie hantierte an beiden Geräten herum.
»Ah, ja«, sagte Franzi. Sie schaute Kim zweifelnd an.
»So, fertig aktiviert. Lasst uns mal einen kleinen Test machen.« Marie drückte den einen Würfel Franzi in die Hand. »Lauf ein paar Meter weiter weg und sprich hinein.«
Franzi betrachtete das Gerät in ihrer Hand. »Hör mal, ich finde es ja rührend, dass du dich darum sorgst, dass das Babyfon auch wirklich funktioniert. Aber hältst du es nicht für etwas übertrieben, das ausgerechnet hier und heute zu testen? Das Baby ist doch noch gar nicht da!«
»Außerdem wollten wir endlich zum Pavillon«, merkte Kim an.

Marie zog eine Augenbraue hoch. »Und genau dafür können wir das Teil auch brauchen. Ich dachte, wir sorgen für alle Fälle vor. Egal, was sich dort verbirgt, wir können einfach die Baby-Station dort verstecken und dann von hier ganz bequem mit der Eltern-Station überwachen, ob die Täter kommen oder sich sonst etwas tut.«
Kim nickte beeindruckt. »Die Idee ist gut!«
Franzi sprang auf, warf den Würfel kurz in die Höhe und fing ihn geschickt auf. »Marie, das ist eine Spitzenidee!« Sie lief ein Stück weiter weg und hielt die Hand mit der Baby-Station unauffällig vor ihr Gesicht.
Sofort blinkte ein LED-Lämpchen an der Eltern-Station grün auf und Franzis Stimme erklang glasklar: »Hier spricht die kleine Franzi Winkler, sie möchte sofort ein Gutenachtlied hören.«
Marie grinste und beugte sich über die Station auf der Decke. Sie schnippte mit den Fingern und rappte dazu:

»LA LE LU
UND JETZT SCHLÄFST DU.«

Kim schüttelte lachend den Kopf. »Gut, dass du noch etwas Zeit hast, um ein paar richtige Schlaflieder einzuüben.«
»Wieso, war doch cool«, sagte Franzi, die wieder zurückgekommen war. »Kinder brauchen klare Botschaften.« Sie grinste. »Auf jeden Fall wissen wir jetzt, dass das Babyfon funktioniert.«
»Ja«, sagte Marie plötzlich mit ernster Stimme. »Und wir sollten jetzt endlich zum Pavillon gehen!« Sie lief los.

Franzi und Kim rannten hinterher.
Als Franzi zu Marie aufgeschlossen hatte, fragte sie atemlos: »Wolltest du nicht mit Holger sprechen? Er kam eben gerade mit den anderen Parkouring-Jungs vorbei. Hast du nicht gesehen, dass er gewunken hat?«
»Doch, habe ich«, antwortete Marie kurz angebunden. »Ich glaube allerdings eher, dass er Fleur gewunken hat, die schräg hinter uns lag. Sie ist jedenfalls gleich aufgesprungen ...«
Franzi verdrehte die Augen. »Ich finde, du verhältst dich ganz schön zickig.«
»Das ist doch meine Sache«, rief Marie.
Kim versuchte zu vermitteln: »Franzi hat es vielleicht etwas krass ausgedrückt. Aber ich finde es auch merkwürdig, dass du vor Holger davonläufst. Du hast ihm noch nicht mal von den Ermittlungen bei den van der Teubens erzählt, obwohl du es ihm versprochen hattest. Das mussten Franzi und ich machen.«
»Dann weiß er ja jetzt Bescheid« war alles, was Marie darauf sagte.
Kim und Franzi gaben es auf.
Die drei Mädchen überquerten schweigend den Spielplatz. Das Beachvolleyballfeld befand sich direkt dahinter. Sechs Spielerinnen und Spieler hechteten gerade durch den Sand und pritschten den weißen Ball über das Netz hin und her. Am Rand saß Blake in seinem Rollstuhl und feuerte sie an.
Franzi winkte ihm kurz zu und er grüßte lächelnd zurück.
Marie deutete zu der kleinen Zuschauertribüne, die sich seitlich anschloss. »Hier müsste laut Plan ein Weg sein.«

Franzi lief um die Holzkonstruktion herum. »Da ist auch einer, allerdings ein sehr schmaler«, rief sie.
Marie und Kim folgten ihr. Der Weg war beinahe vollständig von den Ranken der Büsche überwuchert. Zwischen den Steinplatten wuchs Gras und Unkraut.
Nach ungefähr fünfzig Metern kam ein kleines, rundes Gebäude in Sicht. Es war von einem dichten Netz aus Efeu und anderen Kletterpflanzen überwachsen.
»Das muss der Pavillon sein«, flüsterte Marie.
»Auf dem Foto auf der Homepage sah er aber ganz anders aus«, sagte Kim. »Da waren ganz viele Glasflächen zu sehen. Aber hier ist nur Holz.«
Die drei Detektivinnen drängten sich in die Büsche und beobachteten die Umgebung. Nichts tat sich.
»Die Fenster wurden wahrscheinlich mit Holzplatten abgedeckt, damit sie nicht kaputtgehen«, vermutete Marie.
»Dazwischen sind gusseiserne Säulen mit Verzierungen«, stellte Kim fest. »Du hast recht, das ist der Pavillon.«
Sie warteten erneut einige Minuten ab.
Nachdem weiterhin nichts Außergewöhnliches zu hören oder zu sehen war, wagten sich die drei Detektivinnen an das Gebäude heran.
»Das muss der Eingang sein«, rief Marie leise. Sie war vor einer länglichen Holzverschalung stehen geblieben, die eine Aussparung an der Seite hatte. Dahinter war eine Türklinke mit einem einfachen Bartschloss zu sehen.
Marie drückte die Klinke vorsichtig herunter. »Abgeschlossen. Obwohl man das bei dem Schloss auch gleich sein lassen könnte.« Sie kramte in ihrer Hosentasche.

Kim und Franzi sahen zu, wie Marie das Dietrichset hervorzog und ein passendes Werkzeug wählte.

»Das Schloss ist uralt«, murmelte Marie. »Das knacke ich wirklich in drei Sekunden!« Sie bewegte den Dietrich zwei Mal und machte eine schnelle Drehbewegung. Mit triumphierendem Blick öffnete sie die Tür. »Hereinspaziert!«

Franzi pfiff durch die Zähne. »Du wirst immer professioneller.«

Sie mussten sich eine Weile an das Dämmerlicht gewöhnen, das in dem Pavillon herrschte. Es fielen nur ein paar Sonnenstrahlen durch die Ritzen der Verschläge vor den Fenstern und durch ein ins Dach eingelassenes Oberlicht. Staubkörner tanzten in den Lichtsäulen.

Sie betraten das Häuschen und schlossen die Tür hinter sich. Die Bodendielen knarrten leise unter ihren Schritten.

Der Raum war spärlich eingerichtet, außer einem in die Mitte gerückten alten Schrank mit schief sitzender Lamellentür gab es nur zwei Tische und ein paar wackelige Stühle. Auf einem Tisch stand ein Kopiergerät, auf dem anderen waren verschiedene Werkzeuge, Flaschen, ein Gasbrenner und Gaskartuschen sowie mehrere Kästen und Kartons zu sehen.

Marie betrachtete den Kopierer. »Der ist ziemlich neu. Und er kann noch nicht lange hier stehen, es hat sich kein Staub darauf abgesetzt.«

Franzi betrachtete die Sachen auf dem zweiten Tisch. »Ist das ein Drogenlabor?«, fragte sie. Sie hielt einen leeren Karton hoch und las die Aufschrift vor: »›Quick Key‹ – was soll denn das sein?«

Marie kniff die Augen zusammen. »Der Name kommt mir irgendwie bekannt vor.« Sie überlegte.
»Was liegen daneben für komische Stückchen herum?«, wollte Kim wissen.
»Das sind kleine Barren aus Metall«, antwortete Marie.
Franzi vergrub ihre Hände in den Hosentaschen. »Was soll das alles?« Plötzlich stutzte sie. Sie zog ihre Hand aus der Tasche und hielt den kleinen Babyfon-Sender hoch. »Den hätte ich beinahe vergessen. Wir können ihn gleich verstecken, dann erfahren wir vielleicht in der nächsten Zeit, was hier vor sich geht.« Sie lief zum Schrank, stellte sich auf die Zehenspitzen und platzierte den kleinen Würfel oben hinter einer Zierleiste.
»Mist, ich hab das andere Teil auf der Decke liegen gelassen«, fiel Marie ein. »Hoffentlich ist es nachher noch da.« Sie fuhr sich hektisch durch die Haare. »In der letzten Zeit bin ich echt etwas schusselig.«
Kim und Franzi schwiegen vielsagend.
»Jetzt fällt mir ein, woher ich ›Quick Key‹ kenne!«, rief Marie auf einmal. »Ich habe es im Netz gesehen, als ich in einem Detektivshop nach neuem Grafitpulver recherchiert habe. Das ist ein System, mit dem man sehr schnell Schlüssel nachmachen kann. Mit etwas Übung hat man in weniger als zwanzig Minuten ein identisches Exemplar gegossen!«
Kim und Franzi machten große Augen.
»Wie soll das denn gehen?«, fragte Franzi ungläubig.
Im selben Moment waren von draußen Stimmen zu hören und ein Schlüssel wurde ins Schloss gesteckt.
Die drei !!! verstummten und sahen sich panisch an.

Die Tür öffnete sich einen Spaltbreit.
»Du hast nicht abgeschlossen«, war eine tiefe Stimme zu hören. »Ich fasse es nicht! Was ist, wenn jemand unsere Werkstatt entdeckt?!«
»Natürlich habe ich abgeschlossen, ich bin doch nicht wahnsinnig«, antwortete eine andere männliche Stimme.
Franzi zog Kim und Marie zu dem Schrank und riss die Tür auf. Er war, bis auf eine Garderobenstange mit zwei Kleiderbügeln, leer.
Marie schlug das Herz bis zum Hals.
Sie drängten sich in den Schrank und zogen die Tür zu. Sie schloss nicht richtig, ein Scharnier quietschte gefährlich. Marie hakte ihre Finger zwischen zwei Lamellen und schaffte es auf diese Weise, die Tür zu fixieren. Kein Sekunde zu früh!
Mit einem lauten Poltern traten zwei Gestalten ein.
Franzi spähte durch einen Lamellenspalt und hielt den Atem an. Sie signalisierte ihren Freundinnen, dass sie die beiden Männer erkannte: Es waren Daniel und sein Komplize von den Schließfächern.
»Wir dürfen nicht leichtsinnig werden, Tom, bloß weil bisher alles so reibungslos klappt«, murrte Daniel.
»Ich schwöre dir, dass ich abgeschlossen habe!«, rief Tom.
Daniel seufzte. »Ist ja auch egal. Es ist ja nichts passiert. Alles ist noch da. Los, wir müssen uns beeilen.«
»Und nachher müssen wir sowieso die Sachen an einen anderen Ort bringen«, zischte Tom. »Wir müssen auf Nummer sicher gehen – wer weiß, wann das Festkomitee den Pavillon für die Beachparty umräumt.«

»Richtig.« Daniel räusperte sich. »Wie gut, dass Marion uns gewarnt hat.«
Marie sah, dass Tom das Kopiergerät einschaltete, während Daniel aus einem Säckchen einen Gegenstand auf den anderen Tisch gleiten ließ. Es klimperte leise. Ein Schlüsselbund! Daniel löste einen Schlüssel davon und steckte ihn in ein Kästchen. Dann begann er, etwas in einer Schale anzurühren.
»Ich hätte nie gedacht, dass diese Sache so gut funktioniert!«, murmelte er. »Und heute Nacht können wir richtig zuschlagen! Während die Leute sich beim Open-Air-Kino amüsieren und nachher in ihren engen Zelten übernachten, können wir ganz bequem mit den Nachschlüsseln in ihre Wohnungen gehen und ein paar kleine Wertgegenstände mitnehmen.«
Tom lachte heiser. »Wie gut, dass deine Marion uns hilft. Ohne sie wären wir niemals so leicht an den Generalschlüssel zu den Schließfächern gekommen.«
Der Kopierer surrte. Tom entnahm eine Kopie und steckte sie in ein Säckchen. Er reichte es an Daniel. »Hier ist Nummer sieben.«
»Danke. Die Schlüssel sind auch gleich fertig.« Daniel füllte die angerührte Masse in das Kästchen mit dem Schlüssel und stellte es beiseite. Er nahm sich ein anderes Schlüsselbund vor. Es klirrte leise. Schweigend hantierte er mit den verschiedensten Kästchen, Flaschen und dem Bunsenbrenner, während Tom kopierte.
Marie rauchte der Kopf. Sie versuchte die Informationen, die sie hier gerade erhielten, zu sortieren und zu einem Bild

zusammenzufügen. Aber ihre Konzentration war empfindlich gestört: Ihre Finger, die sie in die Lamellen der Schranktür geklemmt hatte, kribbelten unangenehm und fingen an, kalt und steif zu werden. Sie warf Franzi einen flehenden Blick zu.

Franzi nickte. Sie hatte verstanden. Schnell krallte sie ihre Finger ebenfalls in einen Lamellenspalt und raunte Marie zu: »Ich übernehme.«

Marie versuchte, ihre Finger aus der Lücke zu ziehen. Aber sie waren bereits so angeschwollen, dass sie ziemlich kräftig ruckeln musste, um sie zu befreien. Erst beim zweiten Anlauf schaffte sie es.

»Was war das für ein Geräusch?«, rief Daniel plötzlich. »Hast du das auch gehört?«

»Kam das aus dem Schrank?«, fragte Tom. »Vielleicht eine Maus?«

Franzi spannte ihre Armmuskeln an. Scheinbar war eines der ohnehin wackligen Scharniere durch das Übergabemanöver weiter gelockert worden. Die Schranktür sackte nach unten ab! Mit aller Kraft stemmte Franzi sich dagegen.

Als sie den verzweifelten Blick ihrer Freundin sahen, fassten Kim und Marie sofort beherzt zu. Aber die drei !!! konnten auch mit gemeinsamer Kraft die Katastrophe nicht mehr verhindern.

Die Scharniere gaben nach. Mit einem Riesenkrach donnerte die Schranktür zu Boden.

Franzi konnte sich nicht mehr halten und stürzte direkt hinterher. Im Fallen krallte sie sich an Kim fest und zog sie mit sich. Marie versuchte, Kim Halt zu geben, verlor dabei jedoch ebenfalls das Gleichgewicht und kippte vornüber.
Alle drei landeten sie unsanft auf dem Boden.
Franzi gab ein keuchendes Geräusch von sich, als das Gewicht ihrer beiden Freundinnen ihr die Luft aus der Lunge quetschte.
Tom und Daniel schrien erschrocken auf, fassten sich aber schnell wieder.
»Wen haben wir denn da?«, zischte Tom und zog Marie mit einem einzigen Ruck hoch. Seine Hand hielt ihren Oberarm fest wie in einem Schraubstock.
Daniel riss Kim hoch. »Was macht ihr hier? Wer seid ihr?!«, fuhr er sie an.
Kim öffnete den Mund, brachte aber keinen Ton heraus.
Dafür fing Marie an zu schreien.
»Du kannst hier so laut schreien, wie du willst, es hört dich ja doch keiner«, brüllte Tom sie an.
Marie sah ihn wütend an. Aber sie verstummte schließlich. Sie wollte ihre Energie nicht weiter unnötig verschwenden.
Franzi lag benommen auf dem Boden und hielt sich die Seiten. Sie atmete schwer.
Daniel sah sich hektisch um. Dann zog er mit der freien Hand eine Kabeltrommel unter dem Kopiertisch hervor und begann, Marie und Kim aneinanderzufesseln.

Alles geschah so schnell, dass die beiden Detektivinnen keine Chance auf Gegenwehr hatten: Als Marie versuchte, um sich zu schlagen, waren ihre Arme bereits bewegungsunfähig an ihren Körper gebunden.

Sie sackte mit Kim zusammen zu Boden. Während Daniel sie weiter Rücken an Rücken fesselte, zischte er seinem Komplizen zu: »Schnell, schnapp dir die Rothaarige!«

Tom riss die Schnur von einem Rollo herunter und band Franzis Hände in ihrem Rücken zusammen. Er zerrte sie hoch und schleifte sie zu einem Stuhl. Wie einen Sack Kartoffeln ließ er Franzi darauffallen. Das Holz ächzte.

Mit einer weiteren abgerissenen Schnur fesselte Daniel Franzis Füße an die Stuhlbeine. Dann wischte er sich den Schweiß von der Stirn, zog einen Hocker zu sich heran und ließ sich daraufsinken. »Was machen wir jetzt?«, fragte er Tom.

Sein Komplize stützte sich am Kopiertisch ab. »Wir ziehen unser Ding wie geplant durch, was sonst?«

»Aber was machen wir mit diesen Mädchen?« Daniel sah plötzlich unsicher aus.

Marie reckte den Hals und betrachtete Franzi besorgt. Sie hatte die Augen geschlossen und hing schlaff im Stuhl, nur die angebundenen Hände und Füße schienen sie noch darauf zu halten.

»Wir lassen sie einfach hier. Bis sie gefunden werden, sind wir längst über alle Berge.« Tom lachte kurz auf. »Wenn sie Glück haben, sind sie nur ein paar Tage hier gefangen. Wenn sie Pech haben, eben eine Woche.«

Daniel nickte. »Gut, so machen wir es.« Er warf einen nervösen Blick auf seine Armbanduhr und sprang auf. »Wir haben wertvolle Zeit vertrödelt mit diesen Gören. Schnell jetzt, wir müssen uns beeilen und die Schlüssel und Papiere zurücklegen, bevor jemandem etwas auffällt. Die Nachschlüssel holen wir später, sie müssen noch aushärten.«

Marie konnte von ihrer Position auf dem Boden nicht genau sehen, was die Männer machten, sie hörte nur erneutes Klirren und Rascheln.

Schließlich warf sich Daniel einen Rucksack über die Schulter und die beiden Männer verließen den Pavillon. Sie zogen eilig die Tür hinter sich zu und schlossen zweimal ab.

»Franzi, ist alles klar bei dir?«, rief Marie.

Ihre Freundin hob den Kopf und öffnete die Augen. »Alles im grünen Bereich.«

»Du hast mir vielleicht einen Schreck eingejagt«, sagte Kim mit bebender Stimme. »Ich dachte, du hast dich bei dem Sturz vorhin verletzt und bist ohnmächtig geworden!«

Franzi schüttelte den Kopf. »Ihr habt mir tatsächlich ganz schön die Luft abgedrückt, als ihr beiden da auf mir lagt.« Sie ruckelte auf ihrem Stuhl hin und her. Es knarrte gefährlich. »Aber so schlimm war es dann doch nicht. Ich habe mich bewusstlos gestellt, damit dieser widerliche Daniel sich in Sicherheit wiegt und nicht merkt, dass ich die Muskeln an meinen Armen und Beinen total anspanne.«

»Warum denn das?«, fragte Marie verwundert.

»Den Trick hat mir Felipes Onkel mal gezeigt: Wenn dir jemand Fesseln anlegt, musst du dich total anspannen. Dadurch sitzt die Fessel später lockerer, wenn du die Muskeln wieder entspannst, und man hat die Chance freizukommen.«

Franzi versuchte ihre Hände gegeneinanderzudrehen. »Autsch!« Die Schnur schnitt tief in Franzis Haut ein.
»So richtig klappt das ehrlich gesagt nicht«, stellte sie nach einer Weile enttäuscht fest.
Auch Marie und Kim versuchten, ihre Fesseln zu lösen, indem sie sich drehten und wanden, so gut das möglich war. Eine Weile mühten sich alle drei Detektivinnen schweigend ab.
Franzi versuchte durch Vor- und Zurückwiegen des Oberkörpers ihren Stuhl ins Schaukeln zu bringen. »Ich werde dieses Mistding in Kleinholz verwandeln«, keuchte sie. »Dann kann ich wenigstens laufen und versuchen, eure Fesseln zu lösen.«
Schon bald musste Franzi jedoch eine Pause machen. Schweißperlen standen auf ihrer Stirn. »Das ist ganz schön anstrengend.«
»Das haben wir jetzt davon«, sagte Marie wütend. »Wir haben uns wie die letzten Anfänger verhalten. Wir hätten niemals zu dritt hierherkommen dürfen und schon gar nicht alle auf einmal reingehen dürfen. Mindestens eine von uns hätte Wache halten müssen.«
Kim ließ den Kopf hängen. »Du hast recht. Ich muss zugeben, dass ich leichtsinnig geworden bin. Wir haben die Täter die ganze Zeit gesucht, aber nie gesehen. Ich hätte nicht erwartet, dass sie ausgerechnet hier auftauchen würden, während wir da sind.«
Franzi zuckte mit den Schultern. »Vielleicht waren wir nicht sehr schlau. Aber es hilft uns auch nichts, wenn wir uns jetzt Vorwürfe machen. Wir müssen unsere ganze Kraft darauf

konzentrieren, hier schnellstmöglich rauszukommen.« Sie ruckelte erneut wild auf ihrem Stuhl herum und keuchte: »Und dazu müssen diese verdammten Fesseln runter!«

Wieder knarrte und ächzte das Holz. Aber es gab nicht nach. Franzi ruckelte weiter. »Verdammter Mist, ich will hier raus!«, rief sie wütend. »Raus, raus, raus!«

»Hallo? Ist da wer?«, erklang plötzlich eine geisterhafte Stimme aus dem Nichts.

Die drei !!! erstarrten.

Marie schluckte. »Habt ihr das eben gehört?«

Franzi nickte. »Was war das?«

»Franzi, bist du das?«

Franzi sah sich irritiert um. »Ich werde verrückt, ich höre Stimmen, die meinen Namen rufen!«

»Franzi! Hier ist Blake, was ist bei euch los? Wo steckt ihr?«

Plötzlich fing Franzi hysterisch an zu lachen. Ihre Freundinnen sahen sie besorgt an.

»Das Babyfon!«, brachte Franzi mit erstickter Stimme hervor. »Ich habe doch vorhin den Sender auf dem Schrank versteckt. Blake muss bei der Elternstation sein.«

»Dieses komische Ding ist also ein Babyfon«, erklang Blakes Stimme wieder. »Ich habe es bei euch auf der Decke gefunden.«

»Was machst du dort?«

»Ich habe euch gesucht. Ihr seid nicht zum Unterwassertraining erschienen. Das hat mich gewundert, zumal ich euch vorhin noch beim Volleyballfeld gesehen hatte. Und da bin ich zu eurem Stammliegeplatz bei der großen Kastanie gefahren.«

»Du bist ein Held!«, rief Franzi.

»Danke schön, aber was treibt ihr da eigentlich gerade?«, fragte Blake. »Ich höre schon eine ganze Weile zu. Ich dachte, dieses weiße Ding ist ein MP3-Player mit Lautsprecher und es läuft ein Krimi-Hörspiel, das ihr aufgenommen habt. Dann wurde mir aber klar, dass das alles live ist.«

»Blake! Du musst einem der Bademeister Bescheid geben – aber nicht Marion!«, rief Franzi. »Wir sind im alten Pavillon hinter dem Volleyballfeld eingesperrt.«

»Wie bitte?«

»Hast du es nicht verstanden oder glaubst du es nicht?«, rief Franzi ungeduldig.

»Ich habe es verstanden. Ich versuche, jemanden zu finden. Aber hier ist die Hölle los mit den ganzen Campern. Jeder will den besten Platz auf der Wiese mit guter Sicht auf die Leinwand. Da komme ich kaum durch.«

»Versuch es trotzdem!«, rief Kim.

Ein Rauschen war zu hören. Dann Blakes Stimme: »Ja!«

Es knackte und rauschte erneut.

»Franzi, was bedeutet das rote Lämpchen, das gerade anfängt zu blinken?«

Marie wurde blass. »Das ist das Signal für einen niedrigen Akkustand!«

»Verd...«

»Hallo?«

Blake antwortete nicht mehr.

Marie schloss die Augen. »Mist, ich habe die Akkus nur kurz geladen. Ich konnte ja nicht ahnen, dass das Babyfon unsere Rettung sein würde.«

»Das Wichtigste haben wir mit Blake ja besprochen«, sagte Franzi. »Jetzt können wir sowieso nur noch warten. Hoffentlich kann er schnell Hilfe holen.« Sie legte den Kopf in den Nacken und starrte zum Oberlicht hoch. Die Dämmerung hatte bereits eingesetzt und fahles Licht fiel durch das staubige Glas.
Marie und Kim versuchten schweigend eine neue Sitzposition zu finden. Langsam wurde es auf dem harten Boden sehr ungemütlich.
»Vielleicht hätten wir Blake besser sagen sollen, dass er gleich Kommissar Peters anruft«, sagte Kim nachdenklich.
Marie schüttelte den Kopf. »Wer weiß, wo er gerade steckt. Es geht bestimmt viel schneller, wenn Blake einen Bademeister hier vor Ort anspricht und …«
Sie wurde von einem lauten Geräusch draußen vor dem Pavillon unterbrochen. Etwas oder jemand schien mit Wucht dagegengeprallt zu sein.
Die Türklinke wurde nach unten gedrückt. Schließlich rüttelte es an der Tür.
Die drei !!! hielten den Atem an.
»Franzi?«, erklang Blakes Stimme. Dieses Mal kam sie nicht aus dem Babyfon, sondern drang dumpf durch die Tür.
»Blake! Wir sind hier drin. Ihr müsst die Tür aufbrechen.«
»*Ihr* ist gut. Ich bin alleine da. Von den Bademeistern lässt sich keiner blicken. Da dachte ich, ich komme besser mal schnell vorbei. Wartet, ich komme gleich rein.«
Marie zog die Augenbrauen hoch. »Wie will er das denn schaffen?«
Kim und Franzi sahen sie ratlos an.

Etwas schrammte an der Tür entlang, dann polterte etwas zu Boden. Das Schrammen wiederholte sich.
»Was machst du, Blake?«, rief Franzi nervös.
Sie bekam keine Antwort.
Zwei Sekunden später gab es einen Riesenschlag. Etwas an der Tür barst und sie flog nach innen auf.
Die drei !!! schrien gleichzeitig auf.
Draußen saß Blake in seinem Rollstuhl. Er hatte eine Eisenstange in der Hand und betrachtete zufrieden die Holzstücke und Teile des Schlosses, die im Rahmen baumelten.
»Eins a Hebelwirkung«, stellte er fest und warf die Stange hinter sich. »Mädels, was macht ihr denn für Sachen?«, fragte er gut gelaunt. Mit einem kräftigen Armstoß beförderte er seinen Rollstuhl über die Türschwelle und rollte in den Raum.
Als er Kim und Marie am Boden bemerkte und entdeckte, dass Franzi an einen Stuhl gefesselt war, wurde er jedoch schnell sehr ernst.
»Das sieht nicht mehr nach einem harmlosen Räuber-und-Gendarm-Spielchen aus. Was ist hier passiert?«, wollte er wissen.
»Das erklären wir dir gleich«, antwortete Franzi hektisch. »Aber erst musst du uns helfen, die Fesseln loszuwerden.«
»Sieh mal auf dem Tisch mit den Flaschen und Kartons nach«, schlug Kim vor. »Vielleicht liegt dort eine Schere oder Zange.«
Blake sah sich um. »Nein, da ist nichts Brauchbares dabei. Was ist das eigentlich für Zeug?«
»Damit kann man Nachschlüssel anfertigen«, erklärte Kim.

»Wir haben zwei Typen verfolgt, die hier im Schwimmbad mit einem Generalschlüssel die Spinde bei den Umkleiden aufschließen und Hausschlüssel und Personalausweise rausnehmen. Sie kopieren hier die Ausweise und machen Schlüsselkopien. Anschließend stecken sie die Originale wieder zurück ins Schließfach.«
Blake pfiff durch die Zähne. »Und dann gehen sie mit den Nachschlüsseln in die Wohnung oder das Haus, denn die Adresse kennen sie ja vom Ausweis, und stehlen unbemerkt alles, wenn die Leute mal nicht zu Hause sind. Und keiner versteht, was passiert ist, weil es keine Einbruchsspuren gibt und natürlich keiner ahnt, dass jemand mit einem Nachschlüssel eingedrungen ist – der Originalschlüssel war ja nie weg …«
»Gut kombiniert«, sagte Kim beeindruckt. »Genau so läuft es, denke ich.«
»Und die Typen haben euch hier erwischt und festgesetzt? Das ist echt abartig.« Blake schüttelte den Kopf und rollte zu einer Nische, in der früher die Kassiererin gesessen haben musste. Ein Bord war vor einem kreisrunden Guckloch im Fenster auf Sitzhöhe montiert. Blake nahm einen Gegenstand, der darauf lag und aussah wie ein sehr großer Klebeband-Abroller. »Eine alte Abrissvorrichtung für Eintrittskarten. Das könnte uns weiterbringen.« Er fuhr mit dem Finger vorsichtig über den gezackten Rand. »Das ist scharf genug.«
Tatsächlich schaffte es Blake in kürzester Zeit, sowohl das Kabel um Marie und Kim als auch die Schnüre um Franzis Handgelenke und Füße mit dem Gerät zu durchtrennen.

Franzi sprang auf und fiel Blake um den Hals. »Danke! Du bist spitze!«

Auch Kim und Marie bedankten sich bei dem Jungen.

Blake winkte ab. »Ist doch selbstverständlich.«

»Das ist es nicht!«, beharrte Franzi. »Du hast uns aus einer verdammt unangenehmen Lage befreit. Und zwar auf äußerst clevere Weise. Das hätte nicht jeder geschafft.«

Blake hob die Hände. »Jetzt hör aber auf, sonst halte ich mich noch für den rollenden James Bond«, stellte er grinsend fest.

Marie war unterdessen zum Tisch mit dem Kopierer gelaufen. Sie blätterte in einem Heft, das neben dem Gerät gelegen hatte. »Leute, ich glaube es nicht. Die führen genau Buch über ihre Einbrüche!« Sie lief mit dem Heft in der Hand zur offen stehenden Tür, um mehr Licht zum Lesen zu haben. »Es ist alles fein säuberlich notiert: die Adresse, wie das Haus aussieht und wann sie erfolgreich einsteigen konnten.« Plötzlich riss Marie die Augen auf. »Das gibt es doch nicht!«

»Was ist los?«, fragte Franzi.

Kim sah ebenfalls erstaunt auf ihre Freundin, die völlig durcheinander zu sein schien.

Marie schüttelte den Kopf. »Ich kann es nicht glauben.« Sie hielt Franzi das Heft vor die Nase. »Lies mal in Zeile fünf und sechs.«

Franzi beugte sich über das Papier und las vor: *»Marie Grevenbroich.«* Die Gesichtszüge entglitten ihr und sie konnte die Adresse nur noch krächzen. Dann räusperte sie sich und las weiter. *»Top Villa, aber scharfe Alarmanlage, undurch-*

schaubare An- und Abwesenheitszeiten der Bewohner, zu gefährlich. Evtl. Urlaub abwarten?«
Kim bekam einen Hustenanfall. »Sie haben Maries Schlüssel!«
Franzi nickte. »Und meinen auch: Hört euch das an: *Franziska Winkler*, die Adresse kennt ihr, *altes, abgelegenes Bauernhaus mit angeschlossener Tierarztpraxis; Großfamilie mit Oma, die ständig auf der Bank vor dem Haus sitzt, Pferd, das im Garten frei herumläuft (Gefahr!), und aggressivem Huhn (Wachhundfunktion!).«*
Franzi schnaubte verärgert. »Sie haben mich dick durchgestrichen. Und dass sie Polly als aggressives Huhn bezeichnen, ist ein Witz! Die spinnen doch.«
Kim versuchte mühsam ein Grinsen zu unterdrücken. »Wenn man deine Polly nicht gut kennt und sie einen flügelschlagend, hinkend und gackernd begrüßt, kann man durchaus ein bisschen Angst kriegen. Aber jetzt mal im Ernst: Du kannst doch froh sein, dass ihr so schlecht abgeschnitten habt. Sonst wären die schon längst bei euch gewesen und hätten alles Mögliche mitgehen lassen.«
Franzi runzelte die Stirn. »Du hast ja recht.« Sie blätterte eine Seite in dem Heft um. Und bekam wieder große Augen. »Hier sind die Daten von Fleur van der Teuben! Sie haben also auch ihren Schlüssel nachgemacht.«
»Zeig her.« Marie griff nach dem Heft und las: *»Großes Villenobjekt, von hohem Zaun umgeben – aber keine Alarmanlage! …«*
Im selben Augenblick waren schnelle Schritte zu hören, die sich dem Pavillon näherten.

Marie sah über die Schulter und schrie auf. »Sie kommen zurück!«
Daniel und Tom erschienen in der Tür. Fassungslos starrten sie auf den geborstenen Rahmen.
»Wie habt ihr das gemacht?«, fragte Tom. Er wartete jedoch keine Antwort ab, sondern ergriff Maries Arm und drehte ihn auf ihren Rücken.
Marie wimmerte vor Schmerz. Trotzdem versuchte sie nach Tom zu treten.
Mit einem Stoß beförderte er sie zurück in den Pavillon.
Daniel baute sich im Türrahmen auf und versperrte damit einen möglichen Fluchtweg.
Kim und Franzi sahen sich an.
Tom zerrte Marie weiter und griff nach Franzi.
Die wich geschickt aus und verschanzte sich hinter dem Tisch mit dem Kopierer. Kim hechtete zu ihr.
»Wie habt ihr euch befreit?«, rief Daniel. »Wie habt ihr das geschafft?«
»Das ist doch völlig egal«, schrie Tom. »Hauptsache, wir setzen sie jetzt wieder fest.« Er packte Marie noch härter am Arm. »Euch werden wir es zeigen!«
Franzi sah unauffällig zu Blake rüber. Er war in der dunklen Nische mit dem Bord kaum zu sehen. Kein Wunder, dass die beiden Verbrecher ihn noch nicht wahrgenommen hatten.
Das sollte sich gleich ändern.
Blake gab Franzi und Kim ein Zeichen. Er hatte sich einen Besen, der in der Ecke gestanden hatte, geschnappt und hielt ihn wie einen Karate-Kampfstock waagerecht vor der Brust.

Seine Augen waren zu Schlitzen verengt. Alles an ihm war pure Konzentration. Plötzlich gab er einen markerschütternden Kampfschrei von sich.

In einer kurzen Schrecksekunde lockerte Tom seinen Griff um Maries Arm. Geistesgegenwärtig riss sie sich los und rannte sofort in Blakes Richtung.

Als Tom ihr hinterhersetzte, gab Blake den Rädern seines Rollstuhls einen kräftigen Stoß. Er schoss direkt auf den Mann zu. Marie schlug einen Haken und hechtete knapp an Blake vorbei. Sie rollte ab und landete bei Kim und Franzi hinter dem Kopiertisch.

Im diffusen Licht sah Tom nicht, was auf ihn zukam.

Blake duckte sich und rammte den Mann mit voller Wucht in die Knie. Dabei zog er den Besenstiel hoch. Tom schrie auf und fiel vornüber. Als er abwehrend die Arme hob, bekam er den Stiel zu greifen und hielt sich daran fest. Blake nutzte den Schwung und wuchtete mit einer geschmeidigen Bewegung den Stock weiter hoch, sodass Tom mit hoher Geschwindigkeit über ihn hinwegkatapultiert wurde.

Es gab ein dumpfes Geräusch, als der Verbrecher mit der Schulter voran auf die Wand prallte. Er rutschte herunter und blieb bewusstlos liegen.

Daniel schüttelte ungläubig den Kopf und machte einen Schritt in den Pavillon.

Blake nickte den drei !!! zu. »Jetzt!«, sagte er.

Sie verstanden sich ohne viele Worte.

Die drei Mädchen stürzten mit lautem Kriegsgeheul auf Daniel zu, während Blake von der Seite aus auf ihn zurollte. Er hielt den Besen wieder waagerecht vor der Brust.

Daniel sah voller Panik die Mädchen an.
Der Stoß von der Seite, den ihm Blake mit seinem Rollstuhl und dem Besenstiel verpasste, kam für ihn völlig unerwartet. Benebelt ging Daniel zu Boden.
Blake klemmte Daniels Oberkörper mit dem Stiel zwischen Boden und Rolli ein.
Franzi war sofort zur Stelle. Sie schlang ein Stück Kabel fest um Daniels Hände. Zusammen mit Kim und Marie schleifte sie den benommenen Mann dann zu Tom, der immer noch ohnmächtig am Boden lag.
Sie fesselten die Männer aneinander.
»So, das war's!« Kim rieb sich die Hände. »Es wird Zeit, die Polizei zu rufen.«
Blake runzelte die Stirn. »Das hättet ihr ja vielleicht auch ein paar Tage früher tun können …«
Franzi grinste. »Karate-Kid, du sprichst wie Kommissar Peters.«
»Und du sprichst in Rätseln«, antwortete Blake. »Ich glaube, ihr müsst mir da ein paar Sachen erklären.«
»Gerne doch!«, riefen die drei !!! wie aus einem Mund.

Schicksal am Strand

Neun Meerjungfrauen und drei Haie schwangen sich zum Schlussakkord aus dem Wasser und blieben winkend am Poolrand sitzen. Die Kamera zoomte heran. Auf der Großleinwand erschienen nacheinander die Namen und dazu die lachenden Gesichter der Darsteller der Show ›Nixensommer‹. Das Publikum tobte und applaudierte wie verrückt. Die Show war ein voller Erfolg!
Blake schwang sich in seinen Rollstuhl und trocknete sich das Gesicht ab. »Das hat doch super geklappt«, sagte er zu Marie, die neben ihm wartete. Sie setzten sich in Bewegung und folgten den andern zu den Umkleidekabinen.
»Es war perfekt!« Marie strahlte. »Deine Schwester ist aber auch eine tolle Ersatz-Trainerin gewesen. Und sie ist ganz schön kreativ. Ich fand ihre Idee, den Pool mit bunten Unterwasserscheinwerfern auszuleuchten, genial. Es sah richtig magisch aus.«
»Freut mich! Wir haben Glück gehabt, dass Connie Zeit hatte, für Marion einzuspringen. Als Sportlehrerin ist sie im Sommer nämlich sonst meist bei irgendwelchen Tauch- oder Segelkursen im Ausland.«
»Wir sollten uns beeilen«, sagte Marie plötzlich. »Die anderen ziehen sich schon um. Treffen wir uns nachher beim Pavillon?«
»Ja! Bis dann«, rief Blake und rollte zu den Spinden.
Kim und Franzi warteten bereits fertig angezogen vor dem Trakt mit den Umkleiden.

Kim trat ungeduldig von einem Bein auf das andere. »Beeil dich mal ein bisschen, Felipe und Michi warten schon auf uns!«

Marie schnappte sich ihre Sachen. »Ihr könnt ja schon mal vorgehen, ich komme gleich nach.«

Franzi und Kim winkten. »Alles klar, bis gleich!«

Marie betrat eine der Umkleidekabinen und schloss die Tür. Sie schälte sich aus den nassen Badesachen und trocknete sich ab.

Nachdenklich starrte sie die Wand vor sich an.

Ihre Freundinnen waren heute überglücklich. Michi war gestern aus dem Urlaub zurückgekehrt und hatte Kim sofort zugesagt, heute zur Beachparty zu kommen. Und Felipe hatte seine Mutter um einen freien Abend gebeten, damit er Franzi bei der Show sehen und danach mit ihr feiern konnte. Marie hingegen war todunglücklich. Sie sehnte sich nach Holger. Obwohl sie sich nicht nach ihm sehnen sollte. Jetzt nicht mehr. Jetzt, wo er eine neue Freundin hatte.

Kim und Franzi hatten ihr immer wieder gesagt, dass sie mit Holger reden und ihn fragen sollte, ob da wirklich etwas mit Fleur lief. Ihre Freundinnen wollten einfach nicht glauben, dass die beiden ein Paar waren. Marie seufzte. Aber sie wusste es! Sie musste nicht mehr mit ihm reden. Und das war im Moment sowieso nicht möglich. Marie hatte Holger letzte Woche nur noch einmal kurz gesehen, als sie seiner Mutter und ihm die Nachricht von den festgenommenen Tätern überbracht hatten.

Danach war Frau Kurz mit ihm und den Zwillingen spontan zu einem einwöchigen Urlaub aufgebrochen. Herr van der

Teuben hatte ihr nämlich bezahlten Urlaub und der ganzen Familie einen Aufenthalt in seinem Ferienhaus auf Amrum als Entschädigung für seine Verdächtigung und die dadurch verursachte Aufregung angeboten.
Seit Holger auf Amrum war, hatte Marie ihn nicht mehr gesprochen. Sie schloss ihre Tasche und die Badesachen wieder ein und machte sich auf den Weg zum Pavillon. Dabei versuchte sie sich auf die positiven Dinge zu konzentrieren, die passiert waren und noch passieren würden: den erfolgreich abgeschlossenen Fall, die Beachparty heute, und am Montag das Grillfest, das der Vereinsvorstand des Waldschwimmbads den drei !!! als Belohnung für die geschnappten Schließfachtäter spendierte. Außerdem hatte sie heute der Fotograf, der die Unterwasserkamera bei der Show bediente, angesprochen. Er wollte Marie als Model für das neue Werbeplakat des Schwimmbads einsetzen.
Bei dem Gedanken, dass sie schon in drei Tagen an einem echten Fotoshooting teilnehmen würde, hellte sich Maries Laune wieder etwas auf. Und heute Abend wollte sie versuchen, einfach ihren Spaß zu haben, zu tanzen und mit Kim und Franzi herumzualbern.
Marie erreichte das Volleyballfeld. Ein Hit von den *Boyzzzz* dröhnte gerade aus riesigen Boxen, die neben der Zuschauertribüne aufgebaut waren. Davor war eine große Fläche mit Planen ausgelegt, auf der sich die Tänzer dicht gedrängt bewegten.
Die Sandfläche des Volleyballfelds war mit aufblasbaren Gummipalmen, kleinen Planschbecken, Sonnenschirmen und Liegestühlen zum Strand umfunktioniert worden. Viele

Gäste hatten ihre Schuhe ausgezogen und genossen offensichtlich das Gefühl, die Füße in den noch warmen Sand zu graben.
Marie zog ebenfalls ihre Sommerballerinas aus und schlängelte sich vorsichtig durch die Reihen von Liegestühlen hindurch.
Der Weg zum Pavillon war von den überhängenden Buschranken befreit worden und wirkte jetzt viel freundlicher und heller als in der vergangenen Woche. Auch das kleine Gebäude sah nun vollkommen anders aus: Die Holzverkleidung war verschwunden und in den großen Fensterfronten spiegelten sich die Lichter der bunten Leuchtketten, die an den gusseisernen Säulen befestigt waren. Zwei der Fenster waren geöffnet. Sie dienten als Durchreiche für den Getränkeverkauf.
Davor herrschte dichtes Gedränge, die Leute hatten Mühe, ihre eben erstandenen Gläser mit den bunten Schirmchen heil zu einem der Biertische zu bringen, die überall aufgestellt waren.
Dass der Pavillon jetzt als Bar diente, war schon irgendwie seltsam. Marie dachte daran, wie anders alles letzte Woche ausgesehen hatte – und vor allen Dingen *gewesen war*. Eine feine Gänsehaut kroch ihr den Rücken hinauf.
Plötzlich entdeckte sie Franzis leuchtend rote Haare in der Menge. Ihre Freundin saß neben Felipe und sah sich suchend um. Den beiden gegenüber erkannte Marie Kim und Michi, am Kopfende war Blake.
Marie zog sich schnell die Schuhe wieder an und drängte sich durch die Menschenmenge.

»Da bist du ja endlich!«, rief Franzi, als Marie sich zu ihnen durchgeboxt hatte. »Ich dachte schon, du findest uns nicht, und wollte dich gerade anrufen.«
Marie lächelte. »Danke, das ist nett von dir.« Dass sich Franzi so um sie kümmerte, tat richtig gut. Maries Herz zog sich beim Anblick der beiden Pärchen nämlich gerade wieder schmerzhaft zusammen. Kims Augen strahlten mit denen von Michi um die Wette und die beiden hielten verliebt Händchen. Und auch Felipe und Franzi lächelten sich glücklich an.
»Komm, hier ist noch Platz«, sagte Kim und rutschte ein Stück zur Seite.
»Wir haben dir schon mal eine Cola mitgebracht, an der Bar steht man sich die Füße in den Bauch«, fügte Franzi hinzu.
Marie setzte sich und lächelte Felipe und Michi an. »Wir haben uns ja schon eine Ewigkeit nicht mehr gesehen!«
Michi nickte. »Stimmt. Und kaum lässt man euch allein, zieht ihr auch schon den nächsten Fall an Land. Franzi und Kim haben gerade einiges erzählt. Wahnsinn!«
»Dieses Mal habt ihr sogar einen Karatekämpfer mit hinzugezogen, Glückwunsch!«, warf Felipe ein und grinste Blake an.
»Das war wirklich beeindruckend, wie du Tom mit dem Besenstiel an die Wand geschleudert hast«, sagte Marie.
»Wie bitte?«, fragte Felipe erstaunt. »Mit einem Besenstiel? Und dann aus sitzender Position! Das musst du mir genauer erzählen.«
Blake räusperte sich und begann die Technik zu erklären. Die anderen hörten gespannt zu.

Nach einer Weile sah Blake auf die Uhr. »Ich bin gleich mit meiner Schwester bei der Open-Air-Disco am Volleyballfeld verabredet. Habt ihr Lust mitzukommen?«
»Gute Idee«, sagte Michi. Auch die anderen nickten begeistert.

Auf der Tanzfläche war die Hölle los. Kim, Franzi und Marie begrüßten Connie von Weitem und stürzten sich sofort ins Gewimmel. Blake postierte sich mit seiner Schwester, Michi und Felipe neben der Zuschauertribüne.
Marie versuchte, ihren Kopf vollkommen auszuschalten. Sie wollte einfach nur ihren Körper in Bewegung spüren und alles um sich herum vergessen. Sie schloss die Augen und gab sich völlig der Musik hin.
Nach dem fünften durchgetanzten Song drängte sich Marie von der Tanzfläche. Sie wischte sich die Schweißperlen von der Stirn. Jetzt brauchte sie dringend ein Glas Wasser. Franzi und Kim waren irgendwo mitten im Gewimmel verschwunden. Auch die Jungs konnte Marie nicht entdecken. Sie machte sich allein auf den Weg zum Pavillon.
Als Marie ihr Getränk bezahlte, sah sie aus den Augenwinkeln ein rotblondes Mädchen, das eng umschlungen mit einem Jungen an einem Stehtisch stand. Sie starrte das Paar an. Fleur van der Teuben! Und der Junge war Patrick, einer der Traceure, die mit Holger zusammen trainierten. Marie riss die Augen auf. Die beiden schauten sich verliebt an und küssten sich zärtlich. Patrick nahm Fleurs Hand über dem Tisch und gab ihr einen Kuss darauf.
Marie schüttelte den Kopf. So eine war diese Fleur also!

Kaum war Holger weg, schmiss sie sich an den nächsten Jungen ran.
Marie spürte, wie ihr Herz unruhig gegen ihre Brust schlug. Sie war völlig durcheinander. Etwas in ihr freute sich darüber, dass Fleur einen anderen Jungen küsste. Und eine andere Stimme schrie auf: Du miese Tussi, du betrügst Holger, wie kannst du das machen! So einen Jungen betrügt man nicht. Marie presste sich verzweifelt die Hände an die Ohren. Was dachte sie denn da?! Es konnte ihr doch völlig egal sein, was Holgers Freundin machte und wie es Holger damit erging. Auch wenn sie ihn verletzte – das war doch nicht Maries Problem. Sie war schließlich auch verletzt worden.
Marie war so mit ihren Gedanken beschäftigt, dass sie den Klingelton ihres Handys erst wahrnahm, als eine Frau ihr auf die Schulter tippte und sagte: »Willst du erst drangehen, wenn es die Lautstärke eines Jumbojets erreicht hat?«
Marie blinzelte verwirrt und bedankte sich. Sie sah auf das Display. Und schluckte. Manchmal veranstaltete das Leben die verrücktesten Dinge. Marie hatte über eine Woche nichts von Holger gehört. Aber genau jetzt rief er an!
»Marie, wir müssen reden«, drang Holgers Stimme an ihr Ohr. »Ich bin am Strand. Wo bist du?«
Marie runzelte die Stirn. Sie fand den Gesprächseinstieg etwas merkwürdig. Dass Holger am Strand war, lag bei seinem momentanen Aufenthaltsort Amrum nahe. Warum er ihr das unbedingt sagen musste, war Marie allerdings schleierhaft. Noch schleierhafter fand sie, warum er wissen wollte, wo *sie* sich befand. Sie seufzte. »Ich bin im Waldschwimmbad auf der Beachparty.«

»Das weiß ich, das hat mir dein Vater eben erzählt, aber wo genau bist du?«
Marie fuhr sich über das Gesicht. Sie verstand überhaupt nichts mehr. »Warum willst du das wissen?«
»Ich bin hier auf der Party. Ich suche dich.«
Marie ließ beinahe das Handy fallen. »Bitte was?«
Holger räusperte sich. »Ich glaube, es wird alles einfacher, wenn wir uns treffen. Ich bin hier neben der Open-Air-Disco bei den Liegestühlen und den Palmen. Es ist ein Schild aufgestellt, da steht ›Strand‹ drauf.«
Marie brauchte einige Sekunden, um die Sprache wiederzufinden, dann sagte sie: »Warte, ich bin gleich da.«

Holger saß in einem Liegestuhl und sprang sofort auf, als er Marie sah.
Marie lächelte schwach. »Was machst du hier?«
»Ich habe es nicht mehr ausgehalten und bin zurückgefahren. Ich musste dich sehen. Ich möchte mit dir reden.« Holger biss sich auf die Lippe.
Marie wurde es abwechselnd heiß und kalt. Sie wusste überhaupt nicht mehr, was sie denken sollte.
Sie schwiegen und sahen sich an. Plötzlich hob Holger die Augenbrauen. Er musste jemanden hinter Marie entdeckt haben.
Marie drehte sich um. In einigen Metern Entfernung tanzten Fleur und Patrick eng umschlungen zu einem langsamen Titel. Marie kniff die Augen zusammen und überlegte, wie sie reagieren sollte, wenn Holger gleich ausflippte.
»Ich werd verrückt!«, rief Holger.

Marie nickte bedächtig.
»Cool, ich freu mich so!«
Marie sah Holger verständnislos an.
»Es hat geklappt!«, sagte Holger jetzt mit einem breiten Grinsen. »Entschuldige bitte, du kapierst jetzt wahrscheinlich nichts.«
Marie nickte mechanisch.
Holger steckte die Hände in die Hosentaschen. »Ich habe bei den beiden ein bisschen vermitteln müssen, damit da endlich etwas draus wurde. Patrick ist ziemlich schüchtern. Genau wie Fleur – auch wenn man das zunächst nicht glauben mag. Es war ein hartes Stück Arbeit, die beiden zusammen…«
»Aber *du* bist doch mit Fleur zusammen!«, unterbrach ihn Marie.
Holger sah sie aus großen Augen an. »Nein!«
»Ich muss mich mal setzen«, sagte Marie und sank in den Sand. Holger setzte sich daneben.
»Ich … ich«, stammelte Marie, dann brach es aus ihr hervor: »Ich habe euch im Schwimmbadbistro gesehen. Ihr habt ganz eng nebeneinandergesessen und wie ein verliebtes Pärchen geguckt. Und du hattest nie Zeit für ein Treffen, und sie ist dauernd aufgetaucht, wenn du in der Nähe warst. Und damals, als ich dich angerufen habe und du mir gesagt hast, dass du an unserem Haus vorbeigekommen bist und *beinahe* geklingelt hättest, mich aber nicht stören wolltest … da ruft diese Tussi nach dir und du gehst zum Grillen zu ihr … das war so grausam … ich habe alles kaputt gemacht, weil ich so lange gebraucht habe, um auf dein Ultimatum zu antworten.

Aber ich wollte alles richtig machen und den richtigen Moment abwarten ... dann wolltest du nicht mehr ... dachte ich ...« Marie wischte sich eine Träne ab. »Ich kann überhaupt nicht mehr denken. Und schon gar nicht so erzählen, dass man mich versteht.« Sie zuckte mit den Schultern.
»Ich glaube schon, dass ich dich verstehe.« Holger nahm Maries Hand. »Du hast das alles missverstanden. Als Fleur und ich im Bistro saßen, haben wir über Patrick gesprochen. Fleur war ziemlich verzweifelt. Wir haben darüber geredet, wie sie mit ihm am besten wieder in Kontakt kommt. Die beiden haben sich nämlich total ineinander verliebt, seit sie sich im Jugendclub mal etwas nähergekommen sind. Aber als Patrick erfahren hat, dass Fleur aus einer extrem reichen Familie stammt, hat er geglaubt, dass ihre Beziehung keine Chance hat. Sein Vater ist nämlich gerade arbeitslos geworden. Und dann hat er sich zurückgezogen und wollte nicht mehr mit Fleur sprechen. Sie hat mich um Hilfe gebeten, weil sie mitbekommen hat, dass Patrick und ich zusammen trainieren. Ich habe Fleur einfach nur helfen wollen – und Patrick auch.« Holger schluckte. »Ich habe übrigens gedacht, dass du mit Franzis Bruder zusammen bist.«
Marie riss den Kopf hoch. »Was?! Mit Stefan? Wieso sollte ich mit ihm zusammen sein?«
»Zugegeben, ich habe euch nur einmal zusammen gesehen. Aber ich habe mich sofort daran erinnert, dass du mal ziemlich für ihn geschwärmt hast. Und als ich euch vor eurem Haus gesehen habe, dachte ich sofort ...«, Holger zuckte mit den Schultern, »keine Ahnung, warum ich mir so sicher war, dass er dein neuer Freund ist.«

Marie schüttelte den Kopf. »Ich kann mich nicht erinnern, dass ich in der letzten Zeit mit Stefan gesprochen habe. Wann soll das denn gewesen sein?«

»Das war an dem Tag, als du angerufen hast und ich dir dann gesagt habe, dass ich *beinahe* geklingelt hätte.« Holger ließ Sand durch seine Hände rieseln und sah Marie von der Seite an. »Ich bin mit dem Fahrrad vorbeigekommen und wollte dich fragen, ob du ganz spontan Lust auf ein Eis hast. Dann habe ich Stefans Auto in der Einfahrt gesehen und wie ihr euch innig umarmt habt.«

»Jetzt erinnere ich mich. Das war keine innige Umarmung«, sagte Marie. »Das war meine Begeisterung darüber, dass Stefan mir netterweise meinen Hausschlüssel vorbeigebracht hat, der in Franzis Tasche gelandet war.«

»Das weiß ich seit gestern auch.« Holger wischte sich die Hände an seiner Jeans ab. »Jedenfalls haben Franzi und ich das gestern so ungefähr rekonstruiert.«

Marie sah Holger ungläubig an. »Du hast mit Franzi gesprochen?«

»Ich habe es einfach nicht mehr ausgehalten. Ich wollte wissen, wie lange du schon mit ihrem Bruder zusammen bist. Ich musste Franzi einfach anrufen und fragen.« Holger stützte den Kopf in die Hände. »Ich kam mir so blöd vor! Franzi hat einfach nur schallend gelacht und dann gesagt: ›Du musst auf beiden Augen komplett blind sein, wenn du nicht merkst, mit wem Marie gerne zusammen sein möchte – mein Bruder ist es jedenfalls nicht!‹«

Holger sah Marie bittend an. »Ich habe Franzi versprochen, dass ich dir niemals von unserem Gespräch erzähle. Sie

meinte, dass du total sauer sein würdest, wenn sie sich in deine Liebesangelegenheiten einmischen würde. Aber als deine Freundin musste sie einfach so handeln.«
Marie lächelte. Sie konnte sich genau vorstellen, wie Franzi mit sich gerungen hatte. Sie tastete nach Holgers Hand. Sie war warm und weich und umschloss die ihre fest.
»Marie?«
»Ja?«
»Du weißt, dass ich die ganze Zeit auf dich gewartet habe. Und ich werde es mir nie verzeihen, dass ich damals nicht ins Schwimmbad gekommen bin, als wir eigentlich verabredet waren. Aber es war einfach alles zu viel: die Scheidung meiner Eltern, der Umzug, das Renovieren, die neue Schule.«
Marie zögerte. »Hat Franzi dir etwa auch erzählt, dass ich damals eine Überraschung für dich vorbereitet hatte … für uns …?«
Holger nickte stumm.
Marie sah in den Himmel. Die Dämmerung hatte eingesetzt und ein leuchtender Halbmond stand hoch über dem Horizont. Sie rückte näher an Holger heran und legte ihren Kopf auf seine Schulter. »Das war gut von Franzi.«
Holger legte den Arm um sie. »Ja!«, sagte er mit fester Stimme.
Eine Weile blieben sie einfach so sitzen.
Marie spürte Holgers Wärme und atmete den Duft seiner Haare ein, die nach Sonne, Wind und nach Apfelshampoo rochen.
Sie zeichnete mit dem großen Zeh eine gebogene Linie vor sich. Auch Holgers Fuß fuhr sanft über den Sand.

Ihre Zehen berührten sich genau an der Spitze der Zeichnung im Sand.
Es war ein großes Herz.
Dann sahen sie sich an. Zeitgleich fingen beide an zu sprechen: »Ich möchte wieder mit dir zusammen sein!«
Marie spürte ein Kribbeln am ganzen Körper. Holger zog sie langsam zu sich. Sie schloss die Augen.
Und endlich spürte sie den Kuss, auf den sie schon so lange gewartet hatte.

Eine gefühlte Ewigkeit später schlenderten Marie und Holger Hand in Hand in Richtung Pavillon. Sie hatten nur Augen füreinander, sodass Marie erschrocken aufquiekte, als plötzlich Franzi vor ihr stand. Ihre Freundin strahlte sie an, aber brachte zunächst kein Wort heraus.
Dafür sagte Kim, die neben ihr stand: »Herzlichen Glückwunsch! Das wurde ja auch endlich mal Zeit!«
Marie boxte Franzi leicht gegen die Schulter. »Danke!«
Franzi fiel Marie um den Hals. »Ich freue mich so!«
Connie und Blake beobachteten die Szene gerührt.
Michi und Felipe, die gerade mit einer großen Flasche Cola und einem Stapel Plastikbechern angekommen waren, fingen sofort an zu lächeln, als sie Marie und Holger zusammen sahen.
»Es hat zwar lange gedauert«, stellte Michi fest, »aber auf das Ergebnis kommt es an. Ich freu mich für euch!«
»Guckt mal, wir haben zufällig genau acht Becher mitgebracht«, rief Felipe. »Wenn das kein Wink des Schicksals ist!« Er schenkte ein und sie stießen lachend an.

Auf die Liebe, auf die Freundschaft, auf den Sommer!

»Sehr schön, sehr gut, weiter so!«, rief der Fotograf. »Und jetzt probieren wir ein bisschen Action: Liefert euch eine kleine, neckische Wasserschlacht!«

Holger grinste und warf sich Marie über die Schulter. Ihr Nixenschwanz schillerte und glänzte im Licht der großen Scheinwerfer, die um den Pool herum aufgebaut waren.

»Ich habe den Regenbogenfisch gefangen und klaue seine Glitzerschuppe!«, johlte Holger und watete mit großen Schritten durch das Kinderbecken.

»Du Schuft!«, rief Marie kichernd und wand sich geschickt aus seinem Griff. Mit einem großen Platsch landete sie im Wasser. Kurz dachte sie an den kleinen Jungen, den sie dabei beobachtet hatten, wie er ins Becken pinkelte. Aber den Gedanken verdrängte sie gleich wieder. Der Bademeister hatte bestimmt aufgepasst, dass so etwas nicht mehr passierte …

Marie zog Holger mit einem Schwung ihrer Flosse die Beine weg, sodass er wie ein Stein ins Wasser plumpste.

Prustend und paddelnd tauchte er neben ihr wieder auf.

»He, Moby Dick, du verdrängst das ganze Wasser!«, rief Marie und wollte sich mit einem eleganten Flossenschlag in Sicherheit bringen.

Aber Holger hielt sie an ihrem Nixenschwanz fest. »Warte, du Flipper, aus dir mach ich Fischstäbchen.«

Marie kicherte. Sie sah, wie der Fotograf den Kopf schüttelte. Heute Nachmittag, als sie vorgeschlagen hatte, dass Holger beim Shooting mitwirken sollte, war er sofort begeistert gewesen. Jetzt allerdings schien der Mann seine Entscheidung leicht zu bereuen, wie Marie amüsiert feststellte.

»Halt! Nicht so!«, rief er ungeduldig. »Ihr seid doch keine Steinzeitmenschen auf der Mammutjagd, etwas mehr Sensibilität bitte! Kommt schon, auf geht's: Ich will Marie auf Holgers Armen sehen. Und schaut euch mal verliebt an, das kann euch ja nicht so schwerfallen, oder?«

Holger und Marie sahen sich an. Nein, das war nicht schwer. Aber das Herumalbern machte eben auch Spaß!

»Wir sollten uns jetzt anstrengen«, raunte Marie in Holgers Ohr. »Sonst wird der Fotograf noch echt sauer.«

»Anstrengen? Um dich verliebt anzusehen, muss ich mich nicht anstrengen«, wisperte Holger.

Er rappelte sich auf, und als er stand, zog er Marie zu sich hoch. Zärtlich blickte er sie an, während er sie auf seinen Armen hielt.

Sie schlossen die Augen und gaben sich einen Kuss.

Der Fotograf schoss eine Serie. »Ja, so passt das«, sagte er zufrieden. Er sah sich die Bilder im Display an und nickte. »Wir haben es im Kasten, danke. Ihr wart großartig! Ich denke, nächste Woche habe ich erste Probedrucke, ich schicke euch was zu.«

Marie schlüpfte aus dem Nixenkostüm und stieg Hand in Hand mit Holger aus dem Becken. Sie bedankten sich beim Fotografen und gaben ihm ihre Adressen.

Plötzlich wurden laute Knutschgeräusche imitiert. »Bravo! Großartig!«, grölten zwei Kinderstimmen. »Marie ist Holgers Braut, die ihn immer haut! Hahaha!«

Ein Busch neben den Duschen wackelte und zwei rote Schöpfe tauchten auf. Paul und Maike krochen hervor. Sie kringelten sich vor Lachen, während sie weitere Knutschgeräusche produzierten.

»Wartet, wenn ich euch erwische«, drohte ihnen Holger scherzhaft. »Wieso seid ihr überhaupt schon hier, die Grillparty fängt erst in einer halben Stunde an!«

»Mama musste was herbringen und sie hat sich nicht getraut, uns allein zu Hause zu lassen«, krähte Maike.

Paul nickte eifrig. »Die Torte ist ganz toll geworden, sie hat lauter *hmpf*!«

Maike presste ihre kleine Hand fest auf den Mund ihres Bruders. »Das ist eine geheimnisvolle Überraschung, du Depp!«, zischte sie ihm laut ins Ohr. Sie zog ihn am Zipfel seines T-Shirts mit sich. Ihr Schimpfen war noch zu hören, als sie schon mehrere Meter weit entfernt waren.

Holger und Marie mussten lachen. Die Zwillinge waren einfach zu lustig. Sie würden sich nachher garantiert super mit Ben und Lukas, den Zwillingsbrüdern von Kim, verstehen.

Als Marie frisch geduscht und umgezogen von den Umkleiden kam, wartete Holger schon auf sie. Sie warf sich in seine Arme. »Ich bin so glücklich!«

Holger schenkte ihr ein strahlendes Lächeln. »Und ich erst!«

»Hallo, ihr zwei, habt ihr jetzt nur noch Augen für euch?«, ertönte Franzis fröhliche Stimme hinter Marie. »Oder dürfen wir mit euch zusammen feiern?«

Marie löste sich von Holger und fiel Franzi um den Hals. »Was für eine Frage!«

»Los geht's!«, riefen Kim, Michi und Felipe wie aus einem Mund.

Der Vereinsvorstand des Waldschwimmbads hatte sich nicht lumpen lassen. Als Dankeschön dafür, dass die drei !!! und Blake den zwei fiesen Nachschlüsseldieben und ihrer Komplizin das Handwerk gelegt hatten, hatten sie ein Grillfest spendiert, zu dem alle ihre Familien und Freunde eingeladen waren.

Der größte Teil der Gäste war schon da, als die drei !!! mit ihren Freunden beim Pavillon eintrafen. Er war noch von der Beachparty geschmückt, und mehrere lange Biertische mit weißen Tischdecken waren an seiner Seite aufgestellt. Große Schüsseln mit Kartoffel- und Nudelsalat und knusprigen Weißbrotscheiben standen darauf.

Die Gäste begannen zu applaudieren.

»Wo steckt denn Blake?«, flüsterte Marie Franzi zu.

»Er hat gerade gesimst. Sie stehen im Stau, kommen aber wohl bald.«

»Hoffentlich. Schade, dass er den Applaus nicht mitbekommen hat. Es wäre ja auch seiner gewesen«, sagte Marie bedauernd.

Sie winkte Tessa, Helmut und Lina, die schon an einem der Biertische Platz genommen hatten. Franzis Familie saß auch schon dort.

Eine resolute ältere Dame stellte sich in die Mitte und gab sich als Vorsitzende des Schwimmbadvereins zu erkennen. Sie begrüßte die Gesellschaft und bedankte sich ausführlich bei den drei !!!, wobei sie in ihre Ansprache geschickt ein bisschen Werbung für ›ihr‹ Waldschwimmbad einflocht, das

›Tradition mit Moderne‹ verband und sich immer auf neue Besucher freute …

»Hoffentlich ist das Essen bald fertig«, raunte Kim. »Ich habe einen Bärenhunger.«

Michi deutete zu einem großen Schwenkgrill, auf dem Würstchen, Steaks, Maiskolben und Kartoffeln über der glühenden Kohle brutzelten und einen köstlichen Duft verbreiteten. »Ich glaube, du musst nicht mehr lange warten. Die Würstchen sehen schon ziemlich kross aus.«

Als hätte die Schwimmbadvorsitzende Kims Gedanken erraten, beendete sie ihre Rede mit den Worten: »Und jetzt darf ich euch und Sie bitten, nach Herzenslust zuzugreifen. Guten Appetit und einen fröhlichen Abend!«

Schnell entstanden lange Schlangen von schwatzenden und lachenden Menschen am Grill und an der Getränkeausgabe. Nach einer halben Stunde rieb sich Kim den Bauch. »Das war lecker«, sagte sie zufrieden.

Franzi nickte. Sie wischte sich die fettigen Finger an einer Serviette ab und knüllte sie zusammen.

»Da kommt Kommissar Peters!«, rief Marie. Sie lief dem sympathischen Mann mit dem großen Schnauzer entgegen. Natürlich hatten die drei !!! auch ihn eingeladen, auch wenn er ihnen noch am selben Abend, als sie ihm die beiden Verbrecher übergeben hatten, mal wieder eine Standpauke gehalten hatte. Aber die drei Detektivinnen waren es mittlerweile gewohnt, dass der Kommissar grundsätzlich alles für zu gefährlich hielt, was sie bei ihren Ermittlungen anstellten. Manchmal hatte er ja sogar recht, dachte Marie, als Peters ihr einen kräftigen Händedruck gab.

Auch Franzi und Kim begrüßten den Kommissar herzlich. Marie besorgte einen Sekt-Orange für den Polizisten und drei Fruchtcocktails für sich, Franzi und Kim.
Nachdem sie angestoßen hatten, erfuhren die drei !!! noch einige Details zu ihrem neuesten Fall.
Marion Lengert bereute es unendlich, dass sie sich dazu hatte hinreißen lassen, den Generalschlüssel der Schließfächer an ihren Freund herauszugeben. Sie hatte es aus Liebe getan. Aber das war natürlich keine Entschuldigung. Sie war eindeutig eine Komplizin in diesem Fall.
»Das Strafmaß bei Marion Lengert wird sicherlich geringer ausfallen als das für die beiden Haupttäter. Aber sie wird bestraft werden«, sagte der Kommissar mit ernster Stimme.
Der Ohrabdruck, den die drei !!! an der Eingangstür zur Villa der van der Teubens sichergestellt hatten, stammte tatsächlich von Tom. Er hatte gelauscht, um zu überprüfen, dass auch wirklich niemand daheim war. Die beiden Diebe hatten bei ihren Raubzügen zwar immer peinlich genau darauf geachtet, Handschuhe zu tragen und keine Fingerabdrücke zu hinterlassen – dass ihre Ohren beim Lauschen jedoch ebenso markante Spuren hinterließen wie Fingerabdrücke, war ihnen offenbar unbekannt gewesen.
Der Kommissar lachte kurz auf. »Mich wundert es überhaupt, dass sie auf ihre Fingerabdrücke geachtet haben. Eigentlich gingen die beiden Herrschaften nämlich davon aus, dass ihre Diebstähle nie, oder wenn, sehr spät bemerkt würden. Sie nahmen immer nur wenige Wertgegenstände mit und hofften, dass das Verschwinden den Besitzern lange nicht auffällt.«

»Es gab ja auch keine Einbruchspuren, weil sie die raffinierte Nummer mit den Nachschlüsseln durchgezogen haben«, sagte Kim. »Und wer kommt schon auf die Idee, jeden Tag nachzusehen, ob alle Münzen noch da sind oder ob das Silberbesteck und die Uhrensammlung komplett sind, wenn man keinen Grund für einen Verdacht hat.«

»Herr van der Teuben hat den Verlust recht schnell bemerkt«, sagte Franzi.

Der Kommissar seufzte. »Da ist er bislang aber der Einzige. Es hat sich noch niemand gemeldet und den Verlust der Gegenstände angezeigt, die wir im Diebeslager der beiden Täter gefunden haben. Und das ist einiges, kann ich euch sagen. Zum Glück haben die Einbrecher so genau Buch geführt. Wir schreiben nun alle Personen an, die in dem Heft der Diebe aufgelistet sind.«

»Wenn ich daran denke, dass die beiden beinahe auch bei Marie und mir zu Hause eingedrungen wären, wird mir ganz anders«, murmelte Franzi.

Der Kommissar nahm einen Schluck von seinem Getränk. »Deshalb ist bei abseitsgelegenen oder unübersichtlichen Häusern immer eine gut eingestellte Alarmanlage zu empfehlen. Dein Vater, Marie, hat genau die richtigen Vorkehrungen getroffen.«

Franzi grinste. »Ein Huhn und ein Pferd im Garten reichen manchmal auch aus.«

»Nicht alle Verbrecher sind tierscheu«, mahnte der Kommissar lachend. Schnell wurde er aber wieder ernst. »Ich muss euch noch einmal sagen, dass ihr viel zu leichtsinnig seid. Ich glaube allmählich, dass ihr überhaupt kein Gefühl für die

Gefahren habt, in die ihr euch immer wieder hineinbegebt. Das muss sich ändern!« Der Polizist sah die drei !!! streng an. »Und dass ihr dieses Mal auch noch einen Jungen mit hineingezogen habt, der im Rollstuhl sitzt, ist das Allerletzte. Das geht nun wirklich nicht. So jemand ist doch wehrlos, also, was in dem Pavillon alles hätte passieren können, wenn dieser Blake ...«

Ein lautes Surren und Rumpeln lenkte den Kommissar ab und er verstummte. Er sah nervös in die Richtung, aus der das Geräusch kam. Etwas rollte mit hoher Geschwindigkeit auf dem Weg, der vom Volleyballfeld zum Pavillon führt. Es gab ein erneutes Rumpeln und wie aus dem Nichts katapultierte sich plötzlich ein Schatten mit zwei Rädern über die flachen Stufen am Ende des Wegs. Es knirschte und knackte, als die Räder wieder den Boden berührten. Das Gefährt rollte aus und kam durch einen gezielten Stoppergriff seines Besitzers schlingernd zwei Zentimeter vor Franzi zum Stehen.

»Guten Abend allerseits!«, sagte Blake und klopfte sich den Staub von der Hose. »Sorry, mein Karatetraining hat etwas länger gedauert und danach haben wir auf dem Weg hierher Ewigkeiten im Stau gestanden.« Er nickte lächelnd in die Runde.

Die drei !!! grinsten sich an.

»Hallo, wir haben gerade von dir gesprochen«, sagte Marie. »Kommissar Peters, darf ich vorstellen: Blake Mahler. Blake: Kommissar Peters.«

Dem Polizisten klappte die Kinnlade herunter.

»Genau genommen sprachen wir von unserem Erlebnis im Pavillon«, ergänzte Franzi.

Blake nickte. »Ja, das war schon heftig. Ich bin ja eigentlich immer dafür, auf Nummer sicher zu gehen und schnell die Polizei einzuschalten – da werden Sie mir sicher zustimmen, Herr Kommissar?«

Peters nickte mechanisch. »Unbedingt.«

Blake machte einen bedauernden Gesichtsausdruck. »Aber es gibt halt auch Situationen, in denen man sofort handeln muss und nicht warten kann, bis das Polizeiauto kommt. Aber die sind ja, Gott sei Dank, eher selten.« Blake hüstelte. »Ich hole mir mal etwas zu trinken, meine Kehle ist ganz ausgetrocknet. Bin gleich wieder da.«

Peters blickte Blake hinterher, dann sah er die drei !!! an. »Da haben sich ja die Richtigen gefunden. Wo soll das bloß hinführen?!« Die Stimme des Kommissars klang streng, aber um seine Mundwinkel herum zuckte es. Marie konnte ganz deutlich sehen, dass der Polizist Mühe hatte, ernst zu bleiben.

Die drei !!! nickten sich verschwörerisch zu.

Plötzlich kamen Paul und Maike angerannt. »Ihr müsst kommen, es gibt eine Überraschung«, riefen sie aufgeregt. Sie nahmen Marie rechts und links an die Hand und zogen sie mit sich.

Franzi, Kim und Peters folgten neugierig.

Als sie den Pavillon fast erreicht hatten, brüllte Paul: »Sie kommen!«

Marie zuckte zusammen. Was war denn jetzt los?

Als sich die Menschenmenge, die den Blick auf die Biertische verstellt hatte, teilte und sie durchließ, wusste sie es: Die Tische waren zusammengeschoben worden und in ihrer

Mitte stand, in einem Meer von flackernden Teelichtern, die größte Torte, die Marie jemals in ihrem Leben gesehen hatte. Sie hatte drei Stockwerke und der unterste Tortenboden hatte ungefähr den Durchmesser eines Lastwagenreifens. Der cremeweiß glitzernde Überzug war über und über mit Ausrufezeichen aus buntem Zuckerguss verziert.
Kim schlug sich die Hand vor den Mund. »Das ist unglaublich!«
Franzi brachte keinen Ton mehr heraus und starrte die Torte an, als sei soeben ein Ufo gelandet.
Holgers Mutter kam auf Marie zu. Ihre Augen strahlten. »Ich habe mir erlaubt, für die Nachspeise zu sorgen.« Sie räusperte sich und fuhr fort: »Ich habe die größte Torte gebacken, die mir möglich war. Für die größten Detektivinnen aller Zeiten.« Sie tupfte sich eine Träne aus dem Augenwinkel. »Danke für eure Hilfe. Ihr wart großartig!«
Die drei !!! waren sprachlos. Sie fielen Frau Kurz einfach nur um den Hals und drückten sie ganz fest.
»Wann gibt es jetzt endlich den Kuchen?«, rief Maike nach einer Weile in die Stille hinein.
»Ja! Ich habe Hunger«, krakeelte ihr Bruder.
Marie lachte und sah ihre Freundinnen an. »Dann schneiden wir diese Traumtorte mal an, oder?«

Nach der ausgiebigen Kuchenschlacht saßen die drei !!! mit Michi, Felipe, Holger und Blake glücklich lächelnd am Tisch.
Als sich Kim an Michi anlehnte, ertönte plötzlich ein lautes Kussgeräusch. Sie fuhr erschrocken hoch.

Ben und Lukas kamen kichernd unter dem Tisch hervor. »Küssen, los, küssen!« Sie rannten kichernd fort.
Kim schüttelte den Kopf. »Kleine Brüder sind was echt Schlimmes!«
Holger legte den Arm um Marie. »Ach, komm, eigentlich sind kleine Geschwister doch ganz süß.«
»Küssen, küssen!« Wieder ertönten laute Knutschgeräusche. Als Holger die Tischdecke hochhob, sah er in die grinsenden Gesichter von Paul und Maike.
Er packte die beiden am Kragen, bevor sie sich aus dem Staub machen konnte, und flüsterte ihnen etwas ins Ohr.
Wie der Blitz verschwanden die zwei.
»Du bist ja ein echter Geschwister-Flüsterer«, sagte Kim bewundernd.
»Geht so«, antwortete Holger. »Mal sehen, ob es tatsächlich klappt …«
Marie sah Holger fragend an.
Zwei Minuten später kamen Paul, Maike, Ben und Lukas mit zwei Tabletts wieder an den Tisch. Sie hatten es tatsächlich geschafft, sieben Gläser zu transportieren, ohne etwas dabei zu verschütten.
»Für euch, zum Anstoßen«, sagte Maike. »Weil Holger sagt, dass heute ein besonderer Tag ist.«
Holger bedankte sich bei seiner kleinen Schwester und verteilte die Gläser mit dem leuchtend grünen Inhalt.
»Auf die Liebe, auf die Freundschaft, auf den Sommer!«, rief Marie.
Sieben Gläser stießen klirrend zusammen.
Maike sah mit großen Augen zu. »Prost!« Sie räusperte sich.

»Aber das nächste Mal holt ihr euch eure komischen ›Alkoholfrei-Swimmingpool-Cocktails‹ zum Anstoßen wieder selber.« Mit einem vorwurfsvollen Blick verschwand sie mit ihrem Bruder und den anderen Zwillingen in der Menschenmenge.

Die drei !!!, Holger, Michi, Felipe und Blake brachen in schallendes Gelächter aus.

Die drei !!!
Tauche ein in die Welt
von Kim, Franzi und Marie!
Entdecke jetzt „Die drei !!!“
unter diedreiausrufezeichen.de
Wirf einen Blick hinter die Kulissen &
erfahre mehr von den drei !!!.
Mach mit bei tollen Gewinnspielen und
lade dir coole Extras
im Fancorner runter!
Los geht's!
Illustration: Ina Biber
KOSMOS